Trece años después

Sandra Field

Bianca®

HARLEQUIN®

Editado por HARLEQUIN IBÉRICA, S.A.
Hermosilla, 21
28001 Madrid

TRECE AÑOS DESPUÉS, Nº 1572 - 9.3.05
Título original: Surrender to Marriage
Publicada originalmente por Mills & Boon®, Ltd., Londres.

I.S.B.N.: 84-671-2376-1
Depósito legal: B-3465-2005
Editor responsable: Luis Pugni
Composición: M.T. Color & Diseño, S.L.
C/. Colquide, 6 - portal 2-3º H, 28230 Las Rozas (Madrid)
Fotomecánica: PREIMPRESIÓN 2000
C/. Algorta, 33. 28019 Madrid
Impresión y encuadernación: LITOGRAFÍA ROSÉS, S.A.
C/. Energía, 11. 08850 Gavá (Barcelona)
Fecha impresion para Argentina:24.4.06
Distribuidor exclusivo para España: LOGISTA
Distribuidor para México: CODIPLYRSA
Distribuidores para Argentina: interior, BERTRAN, S.A.C. Vélez
Sársfield, 1950. Cap. Fed./ Buenos Aires y Gran Buenos Aires,
VACCARO SÁNCHEZ y Cía, S.A.
Distribuidor para Chile: DISTRIBUIDORA ALFA, S.A.

Capítulo 1

JAKE Reilly paró a un lado de la carretera y bajó del coche. Con los mocasines de piel crujiendo sobre la tierra, subió hasta la cima de la colina, donde la brisa del mar movía su espeso pelo oscuro. El océano se extendía hasta donde le daba la vista, el encaje blanco de las olas golpeando las rocas y la isla en la boca de la ensenada.

La isla en la que, mucho tiempo atrás, hizo el amor con Shaine O'Sullivan.

Casi contra su voluntad, su mirada pasó del turquesa oscuro del mar al pueblecito de Terranova rodeado de abetos y abedules. Llevaba trece años fuera de allí y, sin embargo, recordaba el nombre de los propietarios de cada una de las casitas pintadas de blanco, con sus verjas de madera y sus chimeneas. Pero fue la casa más cercana al camino del acantilado la que llamó su atención; la casa donde había vivido Shaine O'Sullivan. Shaine, sus padres y sus tres hermanos, Devlin, Padric y Connor. Pelirrojos todos aunque ninguno como ella, que tenía el pelo como las llamas de la madera de deriva que se quemaba en la playa, de un color tan vívido que brillaba como el oro...

Jake se metió las manos en los bolsillos, mascullando una maldición mientras hacía un esfuerzo para apartar la mirada.

La casa en la que él había crecido estaba más cerca

de la carretera; su madre la vendió cuando se marchó a vivir a Australia, donde había vuelto a casarse. Lo había llamado, recordaba Jake, para saber si él quería conservarla:

—Lo dirás de broma. No creo que vuelva nunca más por allí... en ese pueblo no se me ha perdido nada. ¿Por qué iba a volver a Cranberry Cove?

No se le había perdido nada, desde luego. Entonces, ¿qué hacía allí? ¿Por qué aquel soleado día de septiembre estaba en la carretera de Cranberry Cove, cuando podría estar en cualquier otro lugar del mundo? Haciendo surf en la playa de su lujosa mansión de Los Hampton, Long Island, yendo al teatro en Nueva York para dormir después en su lujoso dúplex frente a Central Park, paseando por las calles de París, donde tenía un apartamento cerca del Louvre. O haciendo negocios en cualquier sitio desde Buenos Aires a Oslo.

Shaine, estaba seguro, ya se habría marchado de allí, sacudiéndose el polvo de las zapatillas, como él. De modo que no había vuelto para verla.

Aunque seguramente se encontraría con sus hermanos. Si quisiera, podría preguntarles dónde estaba...

¿Para qué iba a hacerlo? No quería ver a Shaine y tampoco ella querría volver a verlo. Después de todo, fue ella la que se negó a irse de Cranberry Cove trece años antes. Ella quien, a pesar de sus protestas de amor, se quedó en el pueblo cuando él se marchó.

¿Olvidaría algún día la angustia de ese rechazo?

Quizá, pensó Jake, ésa era una de las razones que lo habían llevado allí. Quería visitar el sitio donde la única mujer a la que había amado nunca le dio la espalda. Como si fuera el día anterior, podía ver su vestido azul azotado por la brisa, el pelo rojo cayendo por su espalda...

Furioso consigo mismo, Jake volvió al coche y se sentó frente al volante. Pasaría un momento por el pueblo para saludar a los vecinos y luego volvería al aeropuerto. Estaría en casa esa misma noche, dejando aquella absurda expedición tras él. El pasado en el pasado. Donde debía estar.

Antes de entrar en el pueblo detuvo el coche, nervioso. Podría volver al aeropuerto sin que nadie lo viera. ¿No sería lo más inteligente?

«Cobarde», le dijo una vocecita. ¿Le daban miedo los recuerdos? ¿Tenía miedo de encontrarse con los hermanos de Shaine y saber que estaba felizmente casada? ¿Qué clase de hombre era?

Jake se dio cuenta de que tenía miedo. Su corazón estaba acelerado y apretaba el volante con excesiva fuerza. Los mismos síntomas que cuando iba a buscar a Shaine a casa de sus padres. ¿Hubo una mujer más bella que Shaine a los dieciocho años? Entre niña y mujer, inocente e inexperta y, sin embargo, poseedora de una inconsciente sensualidad que lo volvía loco. Que hacía que deseara poseerla por encima de todo.

Y lo había hecho, una vez.

Jake salió del coche. Era un coche de alquiler, un modelo pequeño, nada parecido a su Ferrari, que estaba en el garaje de Los Hampton. Su ropa tampoco era pretenciosa: vaqueros, una camisa y una cazadora de ante que tenía más de cinco años.

No quería llamar la atención. Había una enorme diferencia entre su forma de vida y la de la gente de Cranberry Cove; no tenía sentido restregárselo por la cara. Pero lo que Jake olvidaba era el aura de seguridad, de éxito, de mundo, que lo hacía destacar entre los demás.

Y la sutil sexualidad de sus rasgos: mentón cuadrado, pómulos marcados y ardientes ojos azules. No podía hacer nada sobre eso, de modo que tendía a ignorarlo.

Jake respiró profundamente, sus pulmones llenándose de aire limpio y salado. Olía a leña quemada y a pan recién hecho... El tiempo desapareció entonces. Tenía diecisiete años otra vez y estaba desesperado por escapar del pueblo para irse a la universidad.

Shaine tenía trece entonces. Se hicieron amigos porque, como él, era diferente, una persona solitaria.

Se fue a la universidad, pero volvió cinco años después. Y fue entonces cuando se enamoró.

Jake empezó a caminar. Entró en Cranberry Cove, su pueblo. Enseguida vio a un anciano sentado en una vieja mecedora, fumando una apestosa pipa.

–Hola, Abe. ¿Te acuerdas de mí? Soy Jake Reilly. Vivía a seis casas de aquí, cerca de la carretera.

Abe escupió con mucho tino sobre las dalias del porche.

–Le metiste un gol al equipo de St. John. Esa noche hubo una fiesta tremenda.

Jake sonrió.

–Esa noche me emborraché por primera vez en mi vida. Y pagué por ello a la mañana siguiente... la peor resaca que he tenido jamás. Pero mereció la pena.

–Menudo gol –recordó el anciano–. Las gradas se volvieron locas... bueno, ¿y qué te trae por aquí?

–Sólo quería volver a ver este sitio –contestó él, vagamente–. Cuéntame los cotilleos, Abe.

El anciano metió más tabaco en su pipa y, durante media ahora, habló sin parar, yendo de casa en casa en un colorido recital sobre quién se había casado, qué niños habían nacido, quién había muerto y de qué. La última casa del acantilado era la de los O'Sullivan.

Jake esperaba, con el corazón golpeando sus costillas.

–Los tres chicos están bien. Devlin se dedica a pescar langosta, Padric es carpintero y Connor, que acaba de terminar los estudios, quiere hacer un curso de informática en la ciudad. ¿Sabes que sus padres murieron? Poco después de que tú te fueras, creo yo.

–¿Los padres de Shaine han muerto? –exclamó Jake, atónito.

–Su coche patinó en el hielo en la carretera de Breakheart Hill –Abe sacudió la cabeza–. A la pobre se le rompió el corazón. Se había ido a la universidad, pero volvió para cuidar de sus hermanos. ¿No sabías eso?

–No.

–Cuando un hombre está fuera de su casa tanto tiempo, siempre se lleva alguna sorpresa –dijo Abe entonces, mirándolo con una expresión indescifrable.

–¿Crees que debería haber vuelto antes? –preguntó Jake, desconcertado.

–Yo no he dicho eso –sonrió el anciano–. ¿Vas a visitar a Shaine?

–¿Visitarla? ¿Dónde?

–Sigue viviendo en la casa de sus padres. Tiene una tienda de artesanía al final de la calle. Le va bien, dicen.

–Pensé que se habría ido de aquí hace mucho tiempo –suspiró Jake.

–Hay cosas que una mujer no puede dejar atrás –comentó Abe, con una de sus sabias miradas–. Pero tú estabas deseando marcharte de Cranberry Cove para buscar algo que no encontrabas aquí.

–Sí, es verdad.

–¿Y lo has encontrado?

–Ésa es una pregunta difícil –suspiró Jake–. Creo que sí. Sí, claro que sí.

–¿Has ganado dinero?

«Mucho dinero», pensó Jake. Más de lo que hubiera podido imaginar nunca.

–Me va bien.

–Pues entonces ve a comprar algo a la tienda de artesanía.

–¿La tienda de artesanía? ¿Para qué, para apoyar a los artesanos locales? –bromeó Jake, un poco nervioso.

–Es una forma de verlo –sonrió el anciano, levantándose pesadamente–. Tengo que irme, chico. Me alegro de verte.

–Gracias, Abe. Yo también me alegro de haber charlado contigo.

Mientras él entraba cojeando en su casa, Jake siguió calle abajo, pensativo.

Shaine seguía viviendo en Cranberry Cove. Había criado a tres chicos y tenía una tienda de artesanía.

Y sus pies lo llevaban directamente hacia esa tienda.

No sabía que sus padres hubieran muerto.

Porque no había preguntado.

Debería dar la vuelta y tomar el camino del aeropuerto. Algo le decía que pusiera la mayor distancia posible entre él y la tienda de Shaine O'Sullivan.

Entonces vio a Maggie Stearns entrando en su casa. En lo que se refería a cotilleos, Abe era un aficionado comparado con Maggie. Jake apresuró el paso y enseguida vio un bonito cartel de madera. La tienda de artesanía se llamaba La Aleta de la Ballena.

A Shaine siempre le habían gustado las ballenas. Cuando tres de ellas, varadas en Ghost Island, consiguieron volver a mar abierto, creyó que era un buen augurio.

Pero estaba equivocada.

El cartel se movía suavemente con el viento...

La inteligencia de Shaine era una de las muchas cosas que le gustaban de ella y estaba seguro de que habría tenido éxito en cualquier empresa que se hubiera propuesto.

Jake se detuvo delante del escaparate. En él había una vidriera con un dibujo... una ballena. Los colores: azul, rojo, verde, naranja, amarillo. Y supo, inmediata e instintivamente, que la había hecho ella.

Conocía a gente de Los Hampton que pagaría mucho dinero por poner esa vidriera en su casa.

Tampoco a él le importaría tenerla.

Jake empujó la puerta y vio a una mujer tras el mostrador. Estaba de espaldas, intentando llegar a unas cajas en la estantería de arriba. Pero cuando oyó la campanita, se volvió.

–Enseguida lo atiendo...

Se quedó sin voz. El color desapareció de sus mejillas, las cajas cayeron al suelo. Se agarró al mostrador con una mano, tambaleándose como el cartel al viento. Sus ojos, esos ojos verdes que Jake no había olvidado nunca, llenos de una emoción que sólo podría llamar terror. Cuando vio que empezaba a marearse, Jake se acercó de dos zancadas y la tomó por la cintura.

–No pasa nada, Shaine.

Ella cerró los ojos, dejándose caer sobre su pecho. Aunque estaba más delgada que antes, Jake tuvo que hacer fuerza para sostenerla. Con cuidado, la sentó en una silla. Llevaba un vestido de color verde hoja, con estampado de peces tropicales. A Shaine O'Sullivan nunca le habían gustado los colores aburridos.

El calor de su piel bajo los dedos le produjo un escalofrío. ¿Siempre había sido tan blanca, tan cremosa, como la leche de la vaca Jersey que tenía su padre? Olía a flores y su pelo parecía de oro bajo la luz de la lámpara.

Su cuello, largo y delicado, despertó en él tal confusión que su único pensamiento era salir corriendo.

Pero se quedó.

–No pasa nada, Shaine. Te has mareado un poco.

No se había mareado, se había desmayado. ¿Por qué? Habría entendido que se pusiera furiosa al verlo. O que lo mirase con desdén. Incluso entendería un gesto de indiferencia después de tantos años. ¿Pero terror?

No llevaba anillos, ni alianza, ni anillo de compromiso.

–Te has cortado el pelo –murmuró, sin saber qué decir.

A los dieciocho años, su melena ondulada caía por su espalda como una cascada de bronce. En aquel momento parecía una aureola de fuego, dejando la cara despejada. Shaine respiraba con dificultad, intentando calmarse.

–Eres tú. Jake. Jake Reilly.

–No quería asustarte.

Shaine se incorporó, apoyando la espalda en el respaldo de la silla.

–¿Qué haces aquí?

–Tenía una reunión en Montreal y pensé que, estando tan cerca de Terranova, debería pasarme por Cranberry Cove –contestó él, con falsa tranquilidad.

–Después de trece años.

–No esperaba verte –suspiró Jake, apartándose–. Pensé que te habrías ido de aquí hace años.

C...

sient...

—Fu...
percató en...
des—. ¿Qué n...

—Que volvis...
hermanos. En otra...
brías vuelto...

—Tú no sabes nada de...
—replicó Shaine.

Pero Jake había estado hacien...

—Connor ha terminado sus estudios. ...
dieciocho años, ¿no? ¿Por qué no te has ido an...
son mayores?

—Marcharse de aquí no es tan fácil como crees. He
invertido todo mi dinero en esta tienda, no puedo desaparecer así como así.

—¡Pero no quisiste venir conmigo!

—Hice lo que tenía que hacer —dijo ella, levantando
la barbilla.

—Me alegro de que no lo hayas lamentado —replicó
Jake, con una buena dosis de sarcasmo.

Shaine se levantó, agarrándose al mostrador, y lo
miró de arriba abajo.

—Tu sitio no está aquí... eres como los turistas que
vienen en verano. Cranberry Cove ya no es tu hogar,
pero es el mío y... no quiero verte.

—¿Por qué?

—Porque te fuiste y no volví a saber nada de ti —contestó ella, amargamente—. No me llamaste, no me en-

o
          rla
         pare-

          sido fácil

       te vas? Y esta

        medrentar.
       ca, eso es lo que intento

       ver un brillo de alegría en sus

    ate esos halagos para otra. A mí no me ha-
ta.

—No me he casado. ¿Y tú?

Shaine apretó los labios, tan generosos, tan sensuales.

—No lo entiendes, ¿verdad? Sal de mi tienda, Jake. Vete de mi vida. No quiero volver a verte nunca.

—No me gusta que me digan lo que tengo que hacer. Tú lo sabes.

—No has crecido, es lo que quieres decir. Tus deseos son lo único importante, no los de los demás —replicó ella, con dureza—. Si no te vas, llamaré a mis hermanos y te sacarán de aquí a la fuerza.

—Tendrías que llamar a los tres —bromeó Jake—. ¿De qué te has asustado, Shaine?

—No me he asustado. Me ha sorprendido verte, nada más. Vete, por favor.

—Me voy porque quiero, no porque tú me lo digas.

—Me da igual, pero vete de una vez.

Jake apretó los labios. Le habría gustado que su encuentro fuera de otro modo. Shaine O'Sullivan y él habían sido amigos y ahora se miraban como si fueran enemigos mortales.

–Tienes unas cosas muy bonitas en la tienda. La vidriera del escaparate... ¿la has hecho tú?

–Sí –contestó ella, sin mirarlo.

–Si nadie la compra, llámame –dijo él, sacando una tarjeta–. Conozco gente que pagaría un dineral por algo así.

Shaine ni siquiera miró la tarjeta.

–¿Cómo te atreves a volver después de tantos años, pensando que puedes arreglarme la vida?

–Una cosa no ha cambiado –suspiró Jake–. Tu temperamento siempre ha ido a juego con tu pelo.

Shaine abrió la puerta y se quedó esperando.

–Adiós, Jake Reilly. Que te vaya bien.

Él atravesó la tienda, el viejo suelo de madera crujiendo bajo sus pies. En los ojos verdes había furia y algo parecido al pánico. Shaine O'Sullivan quería que desapareciera de su vista, pero no sabía por qué.

–Adiós, Shaine.

Y entonces, antes de que ella pudiera apartarse, la tomó por los hombros y buscó sus labios.

Por un momento, Shaine se quedó rígida, como si la hubiera pillado por sorpresa. Luego se puso a temblar como un pajarillo asustado. Jake la apretó contra su pecho, con los ojos cerrados, olvidándose de todo excepto de la suavidad de sus labios. El calor de su piel atravesaba el vestido, calentando un sitio tan escondido dentro de él que casi había olvidado que existiera.

La deseaba. Cómo la deseaba.

Entonces se dio cuenta de que ella estaba luchando, intentando desesperadamente apartar la cara.

Mareado, Jake levantó la cabeza y dijo lo primero que le pasó por la cabeza:

–Esto no ha cambiado.

–Todo ha cambiado –replicó Shaine, con las mejillas coloradas–. ¿De verdad crees que puedes retomar lo nuestro después de trece años, como si no hubiera pasado nada?

No sonaba muy sensato, desde luego.

–Yo no había pensado besarte...

–Y no volverás a hacerlo.

–No te gustó hacer el amor conmigo en Ghost Island.

Ella abrió la boca, perpleja.

–¿De qué estás hablando?

–Por eso no quisiste marcharte conmigo de aquí... sexualmente no pude satisfacerte.

–¡No seas ridículo! –replicó Shaine bruscamente–. Me gustó mucho.

–¿De verdad? –preguntó Jake. Absurdamente, la respuesta era fundamental. Entonces sólo tenía veintidós años y Shaine O'Sullivan era lo más importante del mundo para él.

–Sí, es la verdad... pero ha pasado mucho tiempo y ya no importa.

–A mí sí.

–¿Esperas que te crea? –le espetó ella, empujando la puerta–. Vete de mi vida, Jake Reilly. Y no vuelvas nunca.

Lo decía en serio. No estaba jugando; Shaine no era una persona manipuladora. Jake se dio la vuelta, salió de la tienda y empezó a caminar calle arriba.

No sabía dónde iba.

Sí, sí lo sabía. Iba hacia su coche y luego al aeropuerto.

Le hubiera gustado o no hacer el amor con él trece años antes, ahora Shaine O'Sullivan lo odiaba.

El deseo había desaparecido, eclipsado por un dolor incuestionable. El mismo dolor que sintió en Ghost Island cuando, después de hacer el amor apasionadamente, después de abrirle su corazón, Shaine le había dicho:

–No puedo irme de Cranberry Cove contigo, Jake. Tengo que quedarme aquí.

Y se había quedado. Fue él quien se marchó aquel mismo día. Fue él quien hizo todo lo posible por olvidarla.

Unas horas antes habría dicho que había tenido éxito en la vida. Pero eso fue antes.

Había sido una mala idea volver a Cranberry Cove. Muy mala idea.

A través del escaparate, Shaine observaba a Jake alejándose calle arriba. Y se dio cuenta de que estaba temblando.

Se había ido. Por el momento.

Pero, ¿se quedaría en Cranberry Cove el tiempo suficiente para descubrir su secreto? ¿Y si era así, volvería?

De nuevo, sintió miedo.

Angustiada, colocó el cartel de Cerrado y entró en la trastienda. Dejándose caer en una silla, Shaine enterró la cara entre las manos.

Capítulo 2

JAKE se percató de que, sin pensar, caminaba hacia el instituto en el que había sido capitán del equipo de hockey y héroe local. Todo aquello parecía haber ocurrido tanto tiempo atrás... el golpe de los patines en el hielo, el borrón del disco deslizándose hasta la portería. Mientras entraba en la red, los gritos de los fans y, por supuesto, sus admiradoras. ¿Qué significaba todo eso ahora? Llevaba años sin jugar al hockey, había estado demasiado ocupado amasando su fortuna y haciéndose con una selecta clientela internacional.

Algunos chicos jugaban al baloncesto en el patio. Jake solía entrenar allí hasta que llegaba la temporada de hockey, en otoño. Distraído, se quedó mirando a los chavales.

Uno de ellos llamaba especialmente su atención por su velocidad y habilidad tirando al aro. Era un chico muy alto y delgado al que todos los demás intentaban quitar la pelota. Pero, como era un partido amistoso, el chaval lanzaba el balón a sus compañeros para darles la oportunidad de encestar.

Un chico simpático, pensó Jake, observando su pelo oscuro y sonrisa radiante. Sería un buen jugador de hockey. Aunque parecía muy joven para estar ya en el instituto.

¿Qué sería de él? ¿Se quedaría en el pueblo y seguiría los pasos de su padre, trabajando como pescador de langosta en las peligrosas aguas de Terranova, o buscaría otros horizontes?

Curioso, pensó. Él no solía involucrarse en la vida de los demás y, sin embargo, estaba pensando en el futuro de un chico al que no conocía.

Entonces el chaval le quitó la pelota a uno de sus compañeros, corrió en zigzag hacia el aro y saltó en el aire. Cuando la pelota entró en el aro, Jake tuvo que contener el deseo de aplaudir.

Sonriendo con cierta tristeza, se dirigió a su coche. Había tomado una decisión muchos años atrás y ya no había forma de cambiarla. No debería haber vuelto al pueblo. Aunque intentaba no pensar en ello, tenía un peso en el estómago. Si hubiera sabido que Shaine seguía viviendo en Cranberry Cove, no se habría acercado a la tienda. Porque esa elección también estaba tomada; por ella, trece años atrás.

Quería salir de allí lo antes posible. Su avión privado estaba en el aeropuerto de Deer Lake y, si el tiempo lo acompañaba, podría marcharse esa misma noche.

—Vaya, vaya, pero si es Jake Reilly.

Jake levantó la mirada y, por un momento, no reconoció al hombre que había frente a él, mirándolo con una expresión menos que amistosa.

—Padric.

La última vez que vio al hermano de Shaine, Padric era un niño de ocho años. Pero se había convertido en un joven alto de rizado pelo castaño y ojos grises.

—Había oído que estabas por aquí. Chico del pueblo hace fortuna y vuelve a sus raíces... has visto demasiada televisión.

—Veo que te alegras tanto de verme como Shaine.

–¿Has visto a mi hermana? –preguntó Padric, airado.

–Sí, en su tienda. ¿Por qué?

–Has ido a verla nada más llegar, ¿no?

–Cranberry Cove no es tan grande como para poder evitar a nadie –replicó Jake.

–No eres bienvenido aquí, Jake Reilly. Supongo que ella te ha dicho lo mismo.

–Con más sutileza, pero sí.

Padric lo miró, sarcástico.

–Todos agradecimos mucho la carta de condolencia que enviaste cuando murieron mis padres.

–No sabía que hubieran muerto hasta que me encontré esta mañana con Abe.

–Ya, claro. Estabas deseando quitarte el polvo de Cranberry Cove y no miraste atrás, ¿no?

–Tenía otras cosas en la cabeza.

–Ganar dinero, ya lo sé. Éste ya no es tu sitio, Reilly. ¿Por qué no vuelves a la ciudad y te olvidas de los pueblerinos?

Jake dejó escapar un suspiro.

–Hablas como si hubiera cometido algún crimen. Me fui a la universidad a los diecisiete años, volví a Cranberry Cove a los veintidós, cuando mi padre se ahogó, y volví a marcharme cuando mi madre se fue a Australia. No veo que haya nada malo en ello.

–Eras amigo de Shaine. O eso es lo que ella pensaba. Parece que se equivocó.

–No especules sobre cosas de las que no sabes nada.

–Vete de aquí, Reilly.

Jake se dio cuenta de que quería pelea, pero no pensaba darle el gusto.

–Iba a buscar mi coche, así que déjame en paz.

Entonces vio alivio en el rostro de Padric. Y no era por haber evitado una pelea, estaba seguro. Padric O'-Sullivan, incluso de niño, siempre había sido de los que usan los puños y piensan después. Entonces, ¿qué demonios estaba pasando?

–Será mejor que lo hagas. A menos que quieras encontrarte con un problema.

Habría sido muy fácil responder en el mismo tono, pero Jake había aprendido a elegir sus peleas, sobre todo en las salas de juntas, y no tenía intención.

–Pregúntale a Shaine por qué me marché de aquí la segunda vez, puede que te sorprenda la respuesta –le dijo, apretando los dientes–. Y cuida de ella –añadió entonces, con una emoción que le sorprendió a sí mismo.

–Eso hago, todos los hacemos. Devlin, Connor y yo. No necesitamos que tú metas la pezuña.

Jake se alejó, intentando contener su frustración. Una vez en el coche, tomó la carretera de Breakheart Hill.

Donde los padres de Shaine habían muerto.

Pero no iba a pensar en Shaine.

El coche de alquiler, mucho más lento que su Ferrari, subía la cuesta pesadamente, dándole tiempo a observar la ensenada por el espejo retrovisor. ¿Por qué Shaine y Padric habían insistido tanto en que se fuera del pueblo? ¿Por qué Shaine parecía tan asustada y Padric tan beligerante?

¿Quería respuestas a esas preguntas o lo que realmente deseaba era sacudirse el polvo de Cranberry Cove de la suela de sus caros zapatos italianos?

A cuatro kilómetros de allí, en el pueblo siguiente, había un pequeño hotel con restaurante. Jake detuvo el coche y empezó a martillear en el volante con los dedos. ¿De vuelta a Manhattan o a Cranberry Cove? Tenía que elegir.

No había comido nada desde el desayuno, de modo que al final fue su estómago el que decidió por él. Media hora después, estaba frente a un excelente plato de pescado fresco en el restaurante del hotel.

No volvería al pueblo esa noche. Dejaría que creyeran que se había ido. Y al día siguiente volvería a hablar con Shaine.

¿Para besarla de nuevo? ¿Para obtener respuestas? ¿Era ésa la razón por la que no estaba en su avión privado, de camino a Nueva York?

Por la mañana, Jake no estaba tan seguro de su decisión. ¿Por qué ir a un sitio donde no lo querían y arriesgarse a otro rechazo? Él no tenía la piel tan dura. De hecho, en lo que se refería a Shaine, era exageradamente sensible.

Quizá ella tenía un amante en la trastienda. Eso explicaría su actitud. O estaba a punto de casarse y no quería ver aflorar su pasado.

¿Cuántos amantes habría tenido en los últimos trece años? Seguramente muchos hombres se mostraron interesados por su belleza, su inteligencia, su sensualidad...

Jake miró su reloj. Shaine solía empezar el día corriendo por la orilla del lago. Podría estar allí en quince minutos... y si ella no aparecía no habría perdido nada.

Tardó catorce minutos en llegar. Se apoyó en la cerca de madera que delimitaba el lindero del bosque, buscando a alguien entre los árboles... Y entonces la vio. Estaba tomando la curva del lago más cercana a la carretera, su pelo rojo como un faro.

Medio escondido entre los arbustos, Jake empezó a correr hacia ella, preguntándose qué haría cuando lo viera. El segundo asalto, pensó. Shaine había ganado el primero pero, si se salía con la suya, no ganaría el segundo.

Cuando salía de entre los arbustos, sus pasos silenciados por la hierba, casi se chocó contra ella. Shaine se detuvo en seco, jadeando.

Su primera reacción había sido de miedo. Pero aquella vez el miedo fue rápidamente reemplazado por una expresión de furia.

—Le dijiste a Padric que te marchabas.

—He cambiado de opinión.

—¿Y resulta que has decidido correr por la orilla del lago? ¿Qué pasa, Jake? ¿Tienes espías por todo el pueblo?

—Solías correr por aquí hace años.

—Ah, ya —sonrió Shaine, con sarcástica dulzura—. Así que recuerdas algo sobre mí, qué halagador.

—No he olvidado nada de ti.

—No mientas. Puede que eso funcione con las elegantes mujeres de la capital, pero aquí no.

—No te he mentido en toda mi vida y no pienso hacerlo ahora.

—Lo triste es que casi te creo. Patético, ¿no? —suspiró ella.

—¿Tenemos que pelearnos, Shaine? Una vez fuimos amigos. Muy buenos amigos.

—Sí. Y entonces hicimos el amor y nos cargamos una amistad que lo era todo para mí.

—Tú habías prometido que te irías de Cranberry Cove conmigo. Pero no lo hiciste.

—Cambié de opinión —dijo Shaine—. ¿O ésa es una prerrogativa masculina?

–No me querías lo suficiente, eso es lo que dijiste.

–Porque era verdad.

Incluso después de tantos años, esas palabras le hacían daño.

–Me mentiste... ¿qué es ese ruido?

Los árboles que había detrás de Shaine habían empezado a moverse, como si un animal estuviera intentando abrirse paso entre ellos. Entonces oyeron ruido de ramas rotas y en el claro apareció un magnífico alce macho con una cornamenta espectacular, que golpeaba el suelo con las patas delanteras.

Estaban en septiembre. La temporada de celo.

–Camina hacia mí, Shaine. Despacio –dijo Jake en voz baja.

–¿No deberíamos subirnos a un árbol?

–Los abedules son muy bonitos, pero no aguantarían tu peso. Y menos el mío.

Él también caminaba hacia atrás. Sabía que un macho de alce en celo no era ninguna broma. Como para probarlo, el animal golpeó un árbol con los cuernos y el impacto hizo que se tambaleara.

–Cuando cuente hasta tres, saldremos corriendo hacia la cerca.

–No sé si puedo correr –murmuró Shaine–. Me tiemblan las piernas.

El animal dio un par de pasos hacia ellos, moviendo la cornamenta de lado a lado.

–Uno, dos, tres... ¡Ahora!

Shaine salió como una bala, con Jake pisándole los talones. Entonces oyeron las pezuñas del alce golpeando el suelo, muy cerca.

–¡Corre! ¡Tenemos que saltar!

Shaine consiguió llegar al otro lado. Jake, mirando por encima del hombro, vio que el alce estaba a cinco metros de él y, con una agilidad que no creía poseer, subió a la cerca de un salto. Pero antes de que pudiera tirarse sintió un empujón y cayó de bruces sobre la hierba. El animal se lanzó de cabeza contra la cerca, que crujía dolorosamente.

Desde detrás de los árboles oyeron entonces el grito de una hembra en celo.

Jake se levantó, con el corazón golpeando sus costillas. El alce había girado la cabeza, echando humo por las fosas nasales... Tan tranquilo, como si no hubiera pasado nada, el animal se alejó al trote entre los árboles. Jake se apoyó en la cerca y soltó una carcajada.

–¿De qué te ríes? –gritó Shaine–. Podría habernos matado.

–Me río de tu expresión cuando viste al alce detrás de ti. No tenía precio.

Shaine tuvo que disimular una sonrisa.

–¿Y tú saltando la cerca como un loco?

–Ese bicho me estaba rozando la espalda... no había tiempo para ponerse digno.

Ella soltó una risita.

–¿Has pensado alguna vez en participar en los Juegos Olímpicos? Ese salto valía una medalla de oro.

–Y tú habrías ganado otra en los cien metros lisos. Vaya par.

Los dos estaban muertos de risa.

–Mira que no tener un cronómetro... Hemos batido un récord del mundo y no había testigos.

–Me alegro de que no los hubiera. A ver cómo explico yo esto en un consejo de administración.

Shaine dejó de reír.

–Jake, te has roto la camisa. ¡Jake, estás sangrando!

–No es nada, sólo un rasguño.

Pero ella estaba en cuclillas a su lado, con gesto de preocupación.

–Será mejor que vayas al médico... a lo mejor tienen que ponerte la inyección del tétano.

El día anterior, cuando entró en la tienda, Shaine O'Sullivan había actuado como si un rasguño fuera lo mínimo que le deseara en la vida. Pero ahora rozaba su piel con dedos nerviosos, unos dedos cálidos... sin poder evitarlo, Jake la tomó por la cintura y buscó sus labios.

Como estaba en cuclillas, Shaine perdió el equilibrio y cayó encima de él. Jake sintió el roce de sus pechos, esos pechos tan firmes, tan suaves, tan delicadamente erguidos... que nunca había podido olvidar. Abriendo sus labios con la lengua, la tumbó sobre la hierba. Sabía a sal y a jabón de fresa.

Asombrado, se dio cuenta de que Shaine lo agarraba con fuerza por los hombros, que no se apartaba. Y cuando la sintió frotarse contra él, su sangre se encendió. Jake empezó a tocarla por todas partes, encontrando la curva de sus caderas, buscando luego uno de sus pechos, su cumbre dura como una piedra...

Ella murmuró su nombre, enredando los dedos en su pelo. Si había necesitado alguna prueba de que Shaine lo deseaba tan desesperadamente como él, allí estaba. Pero, ¿necesitaba pruebas cuando estaba besando su frente, sus labios, su cuello, como una mujer que nunca había besado a un hombre?

Aquello era por lo que había vuelto a Cranberry Cove.

Jake levantó su camiseta y bajó la copa del sujetador para acariciar uno de sus pezones. Temblando entre sus brazos, ella le dejaba hacer.

–Shaine... Dios, Shaine, nunca te he olvidado.

–Yo tampoco... –Shaine se detuvo bruscamente. Sus palabras sonaban como las de una extraña, una mujer a la que no conocía–. ¿Qué estoy haciendo? –exclamó entonces, incorporándose.

–Estabas haciendo lo que querías hacer. ¿No recuerdas cómo fue en la isla? Era como si estuviéramos hechos el uno para el otro... no puedes haber olvidado eso.

Ella se levantó, indignada. Jake se levantó también.

–No sé con quién estoy más enfadada, contigo o conmigo misma. Sólo has tenido que mirarme a los ojos y... besándote como si tuviera dieciocho años, gimiendo y acariciándote como una loca. ¡Habría hecho el amor contigo en un parque público!

Jake se mordió la lengua. Siempre había tenido mucho respeto por el carácter de Shaine O'Sullivan y sabía que intentar calmarla cuando estaba enfadada era una pérdida de tiempo.

–Soy igual que esa hembra en celo... Ven a buscarme, soy tuya. Maldita sea, Jake Reilly, ¿por qué has tenido que volver? Yo estaba estupendamente sin ti. ¿Qué pasa si he vivido como una monja todos estos años? No hay nada malo en eso. Los hombres son unos cerdos... y en esa categoría en particular tú te llevas la medalla de oro. Además, dijiste que te ibas. ¿Por qué no te has ido? ¿Y por qué no dices nada?

–Estaba esperando que te callases –suspiró él.

–Lo último que necesito es que vuelvas a entrar en mi vida. ¡No quiero acostarme con nadie y contigo mucho menos!

Jake descubrió entonces que lo estaba pasando bien.

–Pues a mí no me ha parecido que fuera así. ¿Y sabes una cosa, Shaine? Hacía años que no me reía tanto.

–Yo tampoco. ¿Y qué?

–Que te pones muy guapa cuando te enfadas.

–Guárdate esos halagos para otra.

–Eres la mujer más guapa que he visto en mi vida... y he visto muchas.

–Seguro que sí. Y seguro que todas han caído en tus brazos. Como yo.

–No. No como tú. Tú eres única. Siempre lo has sido.

–Todo el mundo es único. ¿O estabas tan ocupado ganando dinero que no te has dado cuenta?

–Entonces tú eres más única que los demás. Y no hay nada malo en ganar dinero –replicó Jake.

–Siempre que no vendas tu alma para conseguirlo.

–¿Me estás acusando de algo?

–¿Tú qué crees?

De repente, aquello había dejado de ser un juego.

–Que no sabes lo que estás diciendo.

–Sí lo sé –dijo Shaine, levantando la barbilla–. Vuelve a tu sitio, Jake. Hoy. Ahora mismo. Y déjame en paz. Yo tengo una vida aquí y no quiero que la destroces porque... porque mis hormonas están un poco descontroladas.

–¿De cuántos años de celibato estamos hablando? –preguntó él entonces. La respuesta le importaba. No debería, pero le importaba.

–Eso es asunto mío.

–O sea, que los hombres son todos unos cerdos.

–Eso es lo que he dicho.

–Si piensas eso, no creo que hayas sabido criar a tus hermanos.

–Hay excepciones que confirman la regla –replicó Shaine–. Y deja de reírte de mí. Nunca fuiste cruel, Jake, no empieces ahora.

Su expresión, tan vulnerable, le encogió el corazón. Hacía bien en regañarlo. Él no sabía qué había pasado en aquellos trece años y no tenía derecho a preguntar porque le dio la espalda a Cranberry Cove y no volvió a mirar atrás. Fue su elección y tenía que cargar con las consecuencias.

Pero al ver a aquella pelirroja, lamentaba la pérdida de todos esos años. Y el vacío que habían dejado en su corazón.

–Tengo que irme. He de abrir la tienda. Cuídate, Jake. Hiciste bien marchándote de aquí... este pueblo siempre fue demasiado pequeño para ti –dijo Shaine entonces.

Luego se dio la vuelta y salió corriendo entre los árboles.

Como un hombre al que han golpeado en la cabeza, Jake se quedó inmóvil. Le pesaban los brazos y las piernas. Y aún más el corazón.

¿Por qué no volvió a ponerse en contacto con Shaine en todos esos años?

Porque estaba dolido. Dolido porque la mujer a la que había entregado su corazón lo rechazó. Porque no confiaba en él lo suficiente como para compartir su futuro.

Porque se sentía humillado. Sintió miedo de haberla defraudado sexualmente.

Y por orgullo. Su deseo de ser alguien en el mundo lo hizo trabajar sin descanso. Y había tenido éxito. Una combinación de trabajo, talento y persistencia consiguió romper las barreras que deberían haber separado a un chico de Cranberry Cove de la primera división. Y lo había conseguido.

Pero, ¿a qué precio? Una cosa era evidente. Shaine

y él ya no podían ser amigos como lo fueron de adolescentes. Entonces, ¿qué quedaba? ¿Deseo?

El simple recuerdo de sus manos, del roce de su lengua, era suficiente para encenderlo. Ella se había enfurecido, sintiéndose traicionada por su cuerpo. Aunque era normal si había vivido como una monja durante trece años.

Jake sabía que las mujeres lo encontraban atractivo, pero no podía creer que una sola mirada hubiera conseguido volver loca de pasión a Shaine O'Sullivan.

Confuso, volvió a su coche. ¿Habría vuelto para demostrarle a Shaine que había triunfado en la vida? Como si a ella le importase su dinero...

Aunque seguro que le gustaría su Ferrari plateado, pensó, irónico.

Pero Shaine tenía su propia vida en Cranberry Cove y no quería saber nada de él. Eso lo había dejado muy claro.

¿Qué iba a hacer, volver a Nueva York?

Ni una sola vez en aquellos trece años había deseado a una mujer como deseó a Shaine O'Sullivan. Había tenido aventuras, por supuesto. Muchas. Pero jamás deseó atarse a nadie. Y casarse jamás entró en sus planes.

Shaine era diferente. Siempre lo había sido.

¿Quería casarse con ella? ¡Claro que no!

Pero quizá la necesitaba. Su risa, su pasión, su carácter...

Como un hombre saliendo de un sueño, Jake miró alrededor. Las hojas de los árboles brillaban como el oro bajo los rayos del sol, pero Shaine no estaba por ninguna parte.

Suspirando, volvió al hotel y desayunó beicon con huevos revueltos. Después de la tercera taza de café,

Jake había tomado una decisión: volvería a Cranberry Cove. No sabía qué iba a hacer, pero no podía volver a Nueva York.

Había huido de allí trece años antes. Y no pensaba volver a hacerlo.

Capítulo 3

DOS HORAS después, Jake aparcaba el coche frente a la pista de patinaje de Cranberry Cove. Su «campaña» podía empezar en cualquier parte. Quizá visitar el sitio en el que tantos éxitos había tenido de adolescente lo ayudaría a trazar un plan. Porque además de entrar en la tienda de Shaine para comprar la vidriera de la ballena, no se le ocurría ningún otro.

Era sábado. Seguramente los chicos estarían entrenando.

El olor a cuero, a sudor y a húmedos suelos de madera le devolvió a los dieciséis años, cuando era un adolescente demasiado alto que no sabía qué hacer con las piernas y los brazos. Había dos equipos entrenando sobre la pista de hielo; los entrenadores gritando las órdenes, tocando el silbato. Eso también lo llenó de nostalgia. Los sticks golpeaban el hielo, las cuchillas de acero de los patines rayaban la superficie de la pista...

La liga infantil. Chicos de once y doce años. Entonces se fijó en un chico alto, el mismo al que había visto jugando al baloncesto. Idénticas reacciones, idéntica velocidad. Aquel chaval sabía patinar. Muy bien, además.

Sentado en las gradas, Jake observó el partido. Debería haberse apuntado a una liga de aficionados, pensó. Siempre le había encantado el hockey y, en aquel momento, sentía el deseo de ponerse unos patines y unirse a las figuras que se movían por la pista.

Entonces sonó el silbato del entrenador y los jugadores cambiaron de zona en la pista, un equipo con jersey azul, el otro blanco. El chico en el que estaba interesado jugaba de delantero y pasaba entre sus compañeros a la velocidad del rayo, golpeando el disco con una increíble seguridad. Una cosa estaba clara: le encantaba jugar. Tanto como le había gustado a él a su edad.

Cuando el entrenador tocó de nuevo el silbato para indicar un descanso y el chico se acercó a las gradas, Jake pudo ver su nombre en la espalda del jersey: O'-Sullivan.

¿Se llamaba O'Sullivan?

Jake arrugó el ceño. Era demasiado mayor para ser hijo de Devlin. Pero no había otros O'Sullivan en Cranberry Cove. El padre de Shaine era el único con ese apellido y sus únicos parientes vivían al otro lado de Terranova, en St. John.

Entonces el chico se quitó el casco. Tenía el pelo oscuro y los ojos azules.

Todos los O'Sullivan tenían el pelo rojo y los ojos verdes como Shaine o grises como Padric...

Jake sintió que algo se helaba en su interior. Como si nunca hubiera ganado una medalla en matemáticas, su mente analítica intentaba hacer la suma. Él se había marchado de Cranberry Cove trece años antes, después de hacer el amor con Shaine. El chico debía tener unos doce años...

No, pensó. No.

Aquel chico no podía ser su hijo. No podía ser.

La otra rama de los O'Sullivan debía haberse mudado a Cranberry Cove. Eso era. El chico debía ser primo de Shaine.

Pero si fuera así, Abe se lo habría contado. Abe, recordó Jake entonces, había dicho que los hombres que se alejaban de su casa durante mucho tiempo podían encontrar una sorpresa a su regreso.

¿Qué más había dicho? «Hay cosas que una mujer no puede dejar atrás». ¿Se habría quedado Shaine en Cranberry Cove porque estaba embarazada?

¿Por eso se asustó tanto al verlo? Si él era el padre de su hijo era lógico que se hubiera asustado. Era lógico que quisiera perderlo de vista...

Porque no quería que descubriera su secreto.

Jake se inclinó hacia delante, respirando profundamente. «Cálmate», se dijo a sí mismo. El chico era un buen jugador de hockey y tenía el pelo oscuro y los ojos azules. Muchos chicos tenían el pelo oscuro y los ojos azules. Estaba imaginando cosas.

Pero si aquel chico era su hijo, eso explicaría la hostilidad de Padric. Incluso explicaría el celibato de Shaine. ¿Cómo iba a encontrar novio en un pueblo en el que todo el mundo conocía su secreto?

Todo tenía sentido.

Él, Jake Reilly, era el padre de aquel chico.

Pero Shaine no le había dicho nada. Y habría sido muy fácil ponerse en contacto con él. La dirección de su empresa estaba en Internet. Y en las revistas, en los periódicos...

La conclusión era clara: no había querido que lo supiera.

El corazón de Jake latía como si él mismo estuviera jugando un partido de hockey. Entonces, cuando volvió la cabeza hacia el banquillo, un par de ojos azules se clavaron en un par de ojos azules.

La sonrisa del crío se enfrió. Parecía un cervatillo frente a los faros de un coche. El entrenador le tocó el hombro y él volvió a colocarse el casco. Pero Jake vio que le temblaban las manos.

Jake se levantó, mareado, confuso. Necesitaba salir de allí, llevar aire a sus pulmones.

Ni siquiera sabía el nombre de aquel chico. El nombre de su hijo.

Su hijo.

Abrumado, subió a su coche y fue directamente a la tienda de artesanía. Cuando empujó la puerta, la campanita sonó como el primer día.

—Buenos días —lo saludó la chica que estaba tras el mostrador.

¿Seguía siendo por la mañana?, se preguntó Jake. Una mañana que no parecía terminar nunca. Le había perseguido un alce, se había reído hasta que le dolieron los costados y había besado a una mujer maravillosa hasta que todo su cuerpo era una explosión de deseo...

Y esa mujer era la madre de su hijo.

—Estoy buscando a Shaine —dijo con voz ronca.

—Ha ido a casa a comer... pero volverá sobre las dos.

—Sé dónde vive. Gracias.

Tardó cinco minutos en llegar a la casa pintada de amarillo al borde del acantilado, pero cuando llamó al timbre no contestó nadie. La puerta estaba abierta. El perchero del pasillo lleno de abrigos, zapatos y botas. Botas de mujer y botas de hombre. En una esquina, un stick roto y una camiseta de hockey.

Si necesitaba alguna prueba, allí estaba.

—¿Shaine?

Silencio.

Jake entró en la cocina. Había platos en el fregadero, pero ni rastro de Shaine.

Pegada con un imán a la puerta de la nevera vio la
fotografía de un chico. Su mismo pelo oscuro, sus ojos
azules...

Abruptamente, Jake se dejó caer sobre una silla. Su
hijo era un chico guapo, con un brillo de humor en los
ojos y una expresión sensible que despertaba en él un
deseo protector. Él sabía tan bien como cualquiera que
la vida puede aplastar los sentimientos de un hombre y
no quería que eso le pasara a su hijo.

Y seguía sin saber su nombre.

Podría haber subido a su cuarto y hacer algo tan
sencillo como abrir alguno de sus cuadernos. Pero eso
podía esperar. Primero tenía que hablar con Shaine.

Ella le diría el nombre de su hijo. Quisiera o no.

El camino del acantilado, pensó. Shaine iba allí de
niña cuando estaba preocupada o deprimida por algo.

Y durante los últimos días, él había sido una preocupación. Seguro.

Jake salió de la casa. En el jardín había unas sábanas blancas colgadas de una cuerda. Movidas por el
viento parecían las velas de un barco... Inmediata-
mente, se sintió catapultado en el tiempo, hasta que tenía otra vez veintidós años. Había ido a casa de Shaine
para ver si quería ir con él a Corner Brook a ver una
película...

Shaine estaba tendiendo la ropa, su cuerpo como un
junco con aquel vestido azul de algodón. No lo había
visto. Jake estaba mirándola, en silencio. Estaba enamorado de ella, pensó. Amaba a Shaine O'Sullivan
con todo su corazón.

Entonces ella se volvió. Jake se acercó para ayudarla a doblar las sábanas y luego, tomando su cara entre las manos, le dijo: «Te quiero, Shaine».

En sus ojos verdes la incredulidad se mezclaba con una explosión de alegría. Shaine tiró la bolsa de las pinzas y le echó los brazos al cuello.

—Yo también te quiero... te he querido desde siempre. Oh, Jake, soy tan feliz...

Pero no lo decía de corazón. Al menos, no era el amor profundo que había abrumado a Jake aquel soleado día de primavera.

La hierba se movía con el viento. En Ghost Island, un barco de pesca se balanceaba entre las olas. Por un momento, Jake se quedó inmóvil. ¿Su propiedad en Los Hampton podría compararse con aquello? Sin embargo, la belleza de la ensenada no fue suficiente para retenerlo en Cranberry Cove.

Su padre se había ahogado en Ghost Island durante una tormenta. Su madre, con el corazón roto, pronto se marchó del pueblo para reunirse con sus familiares en Australia. Allí conoció a Henry Sarton, con el que se casó años después. A Jake le caía bien su padrastro y sabía que su madre había vuelto a ser feliz. Pero jamás volvió al lugar donde su primer marido perdió la vida.

Jake apretó el paso. Los árboles se doblaban por el viento, sus ramas entrelazadas. Oía el canto de los grillos y el zumbido de una avispa buscando el néctar de las últimas rosas.

Entonces vio a Shaine.

Estaba cerca del borde del acantilado, apoyada en unas rocas, el pelo rojo al viento. Jake se detuvo, sintiendo que la rabia se convertía en un torbellino en su interior. No sabía qué iba a decirle o cómo respondería ella. Pero sabía una cosa: había llegado la hora de exigir la verdad.

Decidido, empezó a caminar de nuevo, acortando la distancia entre ellos.

Shaine volvió la cabeza y vio a Jake dirigiéndose hacia ella. Una figura tan familiar como extraña. Caminaba con la gracia del lince que había visto seis años antes en las montañas de Long Range. Y era igual de peligroso.

Si no lo hubiera besado por la mañana con una pasión que llevaba años escondida... qué tonta había sido.

Su corazón dio un vuelco al ver su expresión. Parecía furioso. Lo sabía, pensó entonces. Conocía la existencia de Daniel.

Pero daba igual. Lo importante era cómo manejaría ella la situación. Respirando profundamente, Shaine se irguió para la pelea.

Jake observó el gesto. Pero daba igual. Nada en el mundo lo detendría.

Llevaba el mismo vestido que el día anterior, la brisa apretando la falda contra sus muslos...

—He estado en la pista de patinaje. Por los viejos tiempos.

—Así que lo sabes —dijo ella en voz baja.

—Tengo un hijo, ¿verdad? Un hijo de doce años.

—Así es —contestó Shaine, mirándolo a los ojos.

—Por eso te desmayaste. Por eso querías que me fuera de Cranberry Cove, para que no me enterase —dijo Jake entonces, tomándola por los hombros—. No tuviste valor para contármelo. ¿Por qué? ¿Creías que no me importaría?

–¿Por qué iba a pensar lo contrario? Te fuiste y jamás volví a saber nada de ti.

–Pero yo no sabía que estabas embarazada...

–Hicimos el amor sin preservativo, ¿no te acuerdas?

–Me dijiste que estabas en un día seguro del ciclo...

–El mundo está lleno de niños concebidos así –suspiró Shaine–. Te fuiste y me dejaste como si no existiera.

–No me querías. Dijiste que sí... pero estabas mintiendo.

–¿Y tú me querías? Pues tuviste una forma muy curiosa de demostrarlo.

Jake apretó sus hombros.

–Ni siquiera sé el nombre de mi hijo.

–Daniel.

–Daniel O'Sullivan –repitió él–. Por Dios bendito, Shaine, ¿por qué no me lo dijiste?

Las razones eran muy complicadas. Y él no merecía saberlas.

–¿Qué importa?

–A mí me importa –contestó Jake, con la voz rota–. Era como verme a mí mismo en la pista de hielo... El chico tiene talento natural. Como lo tenía yo.

–Te fuiste sin mirar atrás –insistió ella–. No llamaste nunca, no me enviaste una felicitación de Navidad, ni siquiera te enteraste de que mis padres habían muerto...

–Me dolía demasiado que no hubieras querido venir conmigo.

Shaine levantó la barbilla, con ese gesto tan suyo.

–He criado a Daniel sola, con la ayuda de mis hermanos. Y es un chico estupendo.

–¿Estás diciendo que no me necesita?

–Eso es.

–¿Nunca te ha preguntado quién es su padre?

–Claro que sí.

–¿Y qué le has dicho?

–Que te fuiste del pueblo antes de que yo supiera que estaba embarazada. Que no sabías nada de él.

–¿Y eso es suficiente? ¿Nunca ha querido saber mi nombre?

–¡Por favor! –exclamó Shaine–. Suéltame, Jake, me haces daño.

–No vas a ninguna parte hasta que aclaremos esto –dijo él, decidido–. Entonces Daniel no sabe quién soy.

–¿Para qué iba a saberlo? He leído artículos sobre ti en revistas económicas... Eres un hombre de éxito, un millonario con casas en Nueva York y en París, coches de lujo, modelos del brazo... Eres tan diferente a nosotros como la noche y el día.

–Eso es superficial.

–No lo es... porque no vas a quedarte, Jake. Tu vida está en otro sitio. En grandes ciudades, en lujosos hoteles, en importantes reuniones. No vas a quedarte en una pista de hielo de Cranberry Cove para ver entrenar a tu hijo.

–¡Mis raíces están aquí!

–Tú arrancaste esas raíces hace trece años. Ahora están muertas, no se pueden replantar.

–Ya lo he hecho. Cuando te besé esta mañana.

–Eso no tiene nada que ver.

Jake suspiró.

–Estás muy delgada. Trabajas demasiado.

–No sientas compasión por mí.

–Lo que estoy empezando a entender es que el embarazo y la muerte de tus padres debió ocurrir casi al mismo tiempo... Siento muchísimo que estuvieras sola en ese momento, Shaine. Pero podrías haberte puesto en contacto conmigo. Podrías haberme encontrado.

Tenía razón, probablemente podría haberlo encontrado. Pero en aquel momento tenía buenas razones para no hacerlo. Y luego los años pasaron inexorablemente, sin saber ni una palabra de él, hasta que su decisión se convirtió en una costumbre.

–¿Por qué iba a buscarte? –preguntó ella, desafiante.

–Por favor, Shaine, es mi hijo...

–Daniel es mío –lo interrumpió ella.

Jake apretó los dientes.

–¿Vas a decírselo tú o tendré que hacerlo yo?

–¿Decirle qué?

–Que soy su padre.

Shaine se apartó de un tirón, furiosa.

–Ninguno de los dos va a contarle nada.

–¿Prefieres que se entere por otra persona? ¿Alguien a quien no le importen sus sentimientos?

–¡No tiene que saber nada!

–Tiene que saberlo.

–No, Jake. No habrás hablado con él, ¿verdad? No, entonces sabrías su nombre. Daniel no sabe quién eres y nunca lo sabrá.

Él dio un paso atrás, una nube roja oscureciendo su visión.

–¿Quién te crees que eres? He visto a Daniel y nada de lo que hagas o digas podrá alejarme de él.

–¿Qué vas a hacer? ¿Contratar a un famoso bufete de abogados para quitármelo?

–Me odias –dijo Jake entonces.

–Intenta verlo desde mi punto de vista. Comparada

contigo soy una mendiga. ¿A quién podría yo contratar
para que no me quitases a Daniel, a un abogado de
Deep Cove, uno de los que vienen aquí una vez por semana para resolver las multas de aparcamiento?

–Debes pensar que soy un canalla...

–No creo que hayas llegado a la cima siendo un
alma cándida.

–Yo nunca intentaría quitarte a Daniel, pero quiero
ser parte de su vida, Shaine. Para compensar el tiempo
perdido –suspiró Jake.

–¿Y qué sabes tú de ser padre? No tiene dos años,
tiene doce. Una edad muy difícil. ¿Cómo crees que va
a reaccionar ante la repentina aparición de su padre?

Jake recordó entonces lo incómodo que parecía el
chico cuando sus ojos se encontraron en la pista de
hielo. ¿Qué sabía él de ser padre? Nada. Nada en abso-
luto. Sus amigos eran solteros o parejas que no querían
tener hijos hasta que ganaran su primer millón de dólares.

–Puedo aprender –murmuró.

–Daniel está bien sin ti. No le falta una figura
masculina, mis hermanos se encargan de eso. Saca
buenas notas, se le da bien el deporte y tiene muchos
amigos. No necesita un padre –Shaine se pasó una
mano temblorosa por el pelo–. Hay otra cosa en la
que no has pensado: éste es su hogar. Cranberry Cove,
no Nueva York. Si le obligas a pasar las vacaciones
contigo y luego vuelves a traerlo aquí... No sabrá cuál
es su sitio.

–La gente es más importante que los sitios.

–Su gente está aquí –insistió Shaine–. Vete y olví-
date de nosotros, Jake. Eso se te da bien.

–Es demasiado tarde... no puedo olvidar que tengo
un hijo –replicó él.

–¡Eres como el granito, inamovible! –gritó Shaine entonces, dándole una patada a la roca.

–Y tú como una loba protegiendo a su cachorro –sonrió Jake.

–¿Y por qué no iba a serlo?

–Eres igual que yo, una cabezota.

–Mira, Jake, tenemos que aclarar esto de una vez por todas... Daniel es demasiado importante como para que perdamos el tiempo intercambiando insultos.

–Por fin algo en lo que estamos de acuerdo.

Jake no pensaba irse, pensó ella, angustiada. Pero había algo que no había intentado...

–¿Me harías un favor?

–Depende de lo que sea.

–Quiero que te vayas de Cranberry Cove sin ver a Daniel. Quiero que vuelvas a Nueva York y pienses si de verdad quieres ser su padre. Porque si he aprendido algo en los últimos doce años es que ser padre es el mayor compromiso que una persona puede aceptar. Y no sé si tú eres capaz de eso.

–Hasta ahora no he podido asumir ese compromiso... y tú eres en parte responsable de ello –replicó él–. Pero no he tenido que ser un canalla para llegar arriba... he tenido que ser flexible. Abierto a nuevas posibilidades, dispuesto a cambiar.

–¡Daniel no es un negocio!

–No me insultes, Shaine.

–Lo siento –murmuró ella–. Pero no he terminado. Quiero que te tomes una semana para pensarlo. Al final de la semana, llámame por teléfono. Te daré el número de la tienda... ¿No te das cuenta, Jake? Ésta es una decisión que podría cambiar nuestras vidas de forma irrevocable. Y una de esas vidas es la de Da-

niel, un niño de doce años. Es demasiado importante
como para que tomes una decisión estando tan furioso.

Jake asintió. Tenía razón. Estaba furioso, dolido,
enfadado y, en el fondo, muerto de miedo.

–Si después de pensarlo decido que quiero formar
parte de la vida de mi hijo, ¿tendré que pelearme contigo, Shaine?

–No. No tendrás que hacerlo.

Jake tragó saliva. Admiraba su honestidad. Siempre
la había admirado.

–Muy bien.

–Entonces, ¿lo harás?

–Sí.

Shaine tuvo que contener las lágrimas, emocionada.
Al menos, le daba un respiro.

–No llores. No soporto verte llorar.

–Contigo he llorado muchas veces.

–Sí, es verdad.

–¿Recuerdas cuando suspendí álgebra? –intentó
sonreír Shaine.

–Lo único que tenía en el bolsillo era el pañuelo
con el que limpiaba mis patines... sí, me acuerdo.

–Y luego fuiste mi tutor durante seis meses... el
profesor más duro que he tenido nunca.

–Pero al final aprobaste –sonrió Jake–. Dime qué te
pasa ahora.

–Nada –contestó ella, sin mirarlo.

–Te has sentido sola, ¿verdad?

–Estamos hablando de Daniel, no de mí.

–Ya lo sé, pero es lo mismo. Yo puedo ayudarte,
Shaine. Económicamente, por supuesto, pero además...

–¡No puedes comprarlo! –exclamó ella, asustada.

Ése era su gran miedo. ¿Cómo iba a ser Daniel inmune a tanto dinero? Ningún chico de su edad podría serlo.

–¡No quiero comprarlo, por Dios bendito!

–Jake, tengo que irme... Daniel llegará a casa enseguida y no quiero arriesgarme a que te vea. ¿Te importaría volver al pueblo por el bosque?

Él asintió con la cabeza.

–He aparcado el coche delante de tu tienda.

–Muy bien. Adiós, Jake –dijo Shaine entonces.

A Jake no le gustó el tono. No le gustó nada. Porque le recordó cómo le había dicho adiós tantos años atrás.

–En caso de que decidiera no volver, abriré una cuenta en un banco de Corner Brook... te contaré los detalles la semana que viene. Así, Daniel tendrá más opciones para decidir qué quiere hacer con su vida.

–¡No puedes hacer eso!

–Intenta detenerme –dijo Jake.

–No tocaré ese dinero.

–Por supuesto que no, estará a nombre de Daniel.

Sin decir nada más, se alejó hacia el bosque. Shaine se quedó donde estaba, pensativa. Ahora que conocía la existencia de su hijo, el miedo debería haber desaparecido. Pero no era así. Todo lo contrario.

Si Jake decidía no volver a Cranberry Cove, no tendría que preocuparse. Pero, ¿y si ésa no era su decisión? ¿Entonces qué?

¿Tenía miedo de perder a Daniel?

Shaine se sentó sobre una roca. Jake Reilly era un hombre fuerte y carismático. Ella lo sabía mejor que nadie. Y también era extraordinariamente rico. Si decidía conocer a su hijo, ¿cómo podría detenerlo?

«Yo nunca intentaré quitarte a Daniel».

¿Debía creerlo? Trece años atrás, Jake destruyó su confianza en él. Shaine había creído en su amistad como creía en la fuerza de la roca sobre la que estaba sentada. Pero la había traicionado.

Traición: una palabra dura y aterradora.

Shaine juntó las manos en el regazo y rezó con todas sus fuerzas para no volver a verlo nunca.

Capítulo 4

DOS DÍAS después, cuando Jake saltaba al muelle del lujoso hotel, su primer pensamiento fue que a Shaine le gustaría aquel sitio. El segundo, que a Daniel también.

¿Cómo no iba a gustarle?

Estaba en una de las islas más lujosas de la montañosa playa de Queensland, Australia. La barrera de coral formaba un círculo de agua color turquesa, seguida de un círculo mucho más oscuro. Azul oscuro, como los ojos de su hijo. ¿Era una coincidencia que estuviese tan lejos de Cranberry Cove como era posible?

–Hola, mamá –sonrió Jake, abrazándola cariñosamente.

–¡No sabes cuánto me alegro de que hayas venido! –exclamó Anna Sarton–. Estas vacaciones son el mejor regalo que me han hecho nunca... Gracias, hijo. Bueno, el mejor regalo excepto conocer a Henry. Nos conocimos el día de mi cumpleaños, ¿lo sabías?

Jake sonrió.

–Me lo has contado varias veces, mamá. Estás muy guapa, por cierto –dijo, abrazando después a su padrastro–. Encantado de volver a verte, Henry.

–Supongo que estarás deseando darte un chapuzón. Las piscinas son maravillosas... y te traen bebidas y aperitivos sin que tengas que salir del agua –dijo su madre, emocionada.

Anna Sarton nunca había podido quitarse de encima su infancia en un pueblo pesquero de Terranova. Se quedaba maravillada por todo, como una niña.

–Un chapuzón me vendría genial.

Jake intentó pasarlo bien durante esos días. Sabía que no podía sentarse para decidir qué iba a hacer con Daniel y Shaine. Tendría que esperar hasta que la respuesta apareciese en su cabeza. Mientras tanto, pensaba disfrutar. Hizo submarinismo, nadó, navegó, bailó hasta las tantas de la madrugada... no siempre con su madre.

Pero nada funcionaba. Porque ninguna de las mujeres era Shaine y los chicos que estaban de vacaciones en el hotel le recordaban a Daniel. Seis días pasaron sin que se diera cuenta.

¿Quién ocupaba más sus pensamientos, Daniel o Shaine? Si ella hubiera aparecido al borde de la piscina con un biquini como el de la rubia que estaba haciéndole gestos en ese momento, se la habría echado al hombro y le habría hecho el amor hasta que ninguno de los pudiera andar.

No le interesaba la rubia, por muy atractiva que fuera. Quería a Shaine O'Sullivan, la discutidora y obstinada Shaine O'Sullivan. Tan peligrosa como los acantilados de Terranova.

Si tomaba un papel activo en la vida de su hijo estaría en contacto con ella...

¿Si tomaba un papel activo? ¿Qué otra opción tenía? ¿No había tomado la decisión en la pista de hockey, cuando Daniel y él se miraron a los ojos? No podía darle la espalda. Si lo hiciera, nunca podría vivir consigo mismo.

La sangre era más espesa que el agua, pensó entonces.

–¿Qué te pasa, cariño? –le preguntó su madre–. No pareces tú mismo.

Jake se preguntó si tenía derecho a ocultarle la existencia de Daniel.

–Fui a Cranberry Cove la semana pasada.

–Yo no he vuelto nunca –murmuró ella, con expresión triste–. Cuando tu padre murió... no podía soportarlo. Ni siquiera he vuelto a escribir a nadie. Supongo que eso no está bien, pero...

–He visto a Shaine.

–¿Sigue allí? –preguntó su madre, sorprendida.

–A mí también me sorprendió.

–Siempre me gustó Shaine O'Sullivan y me alegré mucho de que os hicierais amigos.

–Estaba enamorado de ella, mamá. Lo supe cuando volví de la universidad.

–Lo imaginaba, pero... tu padre acababa de morir y me temo que durante esos meses no pude prestarte mucha atención.

–No pienses en eso, mamá –suspiró Jake–. Shaine se quedó en Cranberry Cove, aunque había prometido marcharse a Nueva York conmigo. Y me rompió el corazón.

–No lo sabía, hijo.

–No se lo he contado a nadie –dijo él, tomando un trago de cerveza–. Pero hay más. Shaine y yo hicimos el amor un día antes de que me fuera y... he descubierto que tengo un hijo.

–¿Qué?

–Se llama Daniel y tiene doce años.

Anna dio un respingo.

–¿Que tienes un hijo?

–Y tú un nieto. No te enfades, pero...

–¿Enfadarme? ¿Quién ha dicho que estoy enfadada?

Jake la miró. Los ojos azules de su madre, tan parecidos a los suyos, brillaban de satisfacción.

–Pero tiene doce años. Te has perdido muchas cosas...

–Pues habrá que compensar el tiempo perdido –lo interrumpió ella–. Siempre he querido tener nietos, Jake. ¿Cuándo voy a conocerlo?

–Yo... aún no lo conozco.

–¿No?

–Tengo que tomar una decisión. Para eso he venido aquí.

–Pero tienes que volver a Cranberry Cove –dijo su madre, asombrada–. Eres su padre.

–Sí, tengo que volver. Quiero que venga conmigo a Los Hampton y a Manhattan...

–¿Vas a casarte con Shaine?

Jake hizo una mueca.

–No lo sé.

–Pero sigues enamorado de ella... debes estar enamorado si no le haces caso a esa rubia que prácticamente se sale del sujetador.

–Así que te has dado cuenta.

–Es imposible no darse cuenta, hijo –rió su madre–. ¿Sigues enamorado de Shaine?

–¡No! Bueno... no.

Anna escondió una sonrisa.

–¿Cuándo volverás a Cranberry Cove?

–Primero tengo que ir a Tailandia a una reunión de negocios.

–¿Tienes una foto de Daniel?

–Aún no –contestó él. Pero le describió al niño con

gran detalle–. Yo creo que Shaine pasa tanto tiempo en la pista de hockey como tú, mamá.

–Entonces es una buena madre. La verdad, me haría mucha ilusión que te casaras con Shaine.

–Díselo a ella –bromeó Jake.

–No, tienes que hacerlo tú. ¿Puedo contárselo a Henry?

–Sí, claro.

Anna le dio un golpecito en el hombro.

–Harás lo que tengas que hacer, Jake, lo sé.

¿Significaba eso que debía casarse con Shaine? No. Además, ella se negaría. Jake se levantó, estiró las piernas y se dirigió al restaurante.

Sin mirar a la rubia.

Cranberry Cove estaba envuelto en la niebla cuando Jake tomó la carretera de Breakheart Hill. Había llamado a Shaine desde Tailandia para decirle que quería ser parte de la vida de su hijo, pero que aún no sabía cómo iba a hacerlo.

–No quiero que le hables de mí. Aún no.

–¿No confías en mí? –le espetó Shaine.

Era una buena pregunta.

–No tiene sentido hacer planes de futuro si el chico no está interesado –contestó Jake–. Como tú misma dijiste, no tiene dos años, tiene doce. Quizá debería conocerlo en la pista de hockey, allí tenemos algo en común.

–Yo creo que debería advertirle...

–No voy a secuestrarlo, Shaine.

–¡Pero estoy acostumbrada a tomar mis propias decisiones!

—No quiero hacerle daño. ¿Eres tú la que no confía en mí?

Al otro lado del hilo hubo un silencio.

—¿Cómo puedo contestar a eso? —replicó ella, antes de colgar.

Shaine no sabía que iría a Cranberry Cove aquel mismo día. Confiaba en ella, pero no quería que interfiriese en su primer encuentro con Daniel. No iba a ser fácil decirle que era su padre, pero fue él quien se marchó de Cranberry Cove y era su obligación reparar ese error.

Todo eso sonaba bien mientras iba en su jet privado desde Vancouver a Deer Lake. Ahora, cuando las primeras casas de Cranberry Cove empezaban a verse entre la niebla, Jake no estaba tan seguro. Le daba tanto miedo un niño de doce años como el gerente de la primera empresa para la que había trabajado.

Si no hubiera tenido aquel sueño... Había soñado con Shaine en Ghost Island, con aquel vestido azul...

Shaine y él llegaron a la isla en una lancha que amarraron al viejo muelle gracias a una vieja maroma medio enterrada en el fango. Luego subieron a la pradera donde el faro hacía de centinela y las flores, de todos los colores, levantaban sus pétalos buscando el sol.

—He traído merienda —dijo Shaine.

La falda del vestido azul le llegaba por debajo de las rodillas. No era un vestido atrevido, pero todo lo que llevaba le resultaba sexy. Estaba obsesionado con ella, día y noche; y jamás le había tocado un pelo precisamente por eso. Shaine había cumplido dieciocho años el mes anterior, mientras él tenía veintidós. Su obligación era cuidar de ella.

–¿Sándwiches de pollo? –preguntó, esperanzado.

–Claro que sí. Son tus favoritos, ¿no? –murmuró Shaine.

Parecía nerviosa, pero no sabía por qué. Jake colocó la manta sobre la hierba y se sentó en una esquina.

–No tengo una enfermedad contagiosa –rió Shaine.

–Así puedo mirarte mejor.

–¡Eso es todo lo que haces!

–¿Qué quieres decir? –preguntó él, sorprendido.

Shaine se quitó la cinta de pelo, dejándolo volar al viento como una cortina de fuego.

–Quiero que me hagas el amor.

–¿Qué?

–Aquí. Hoy.

Sus ojos eran desafiantes más que amorosos. Sus labios, tan voluptuosos que tuvo que apartar la mirada.

–Me marcho a Nueva York dentro de unos días y vas a venir conmigo. ¿No crees que deberíamos esperar hasta que...?

–No –lo interrumpió ella–. Nos queremos, Jake. ¿Para qué esperar? ¿Por qué no aprovechamos la oportunidad?

–Pero... no llevo preservativos.

–Estoy en el momento más seguro del ciclo, no pasará nada. Pero si no quieres que hagamos el amor...

–Tengo tantas ganas de hacerlo que no puedo dormir –dijo él con voz ronca–. Pienso en ti día y noche. Te quiero, Shaine. Te querré siempre.

Ella sonrió, la sonrisa de una mujer que sabe lo que quiere.

–Ven aquí –dijo en voz baja.

«Cálmate», se dijo Jake a sí mismo. Era la primera vez para ella y debía ir despacio. Pero cuando encontró sus labios dejó escapar un gemido ronco, tan ardiente era la respuesta femenina, tan hambrienta.

–No quiero ir deprisa.

–Yo quiero que lo hagas –murmuró Shaine.

Sus besos eran tan inexpertos, tan apasionados, que Jake olvidó su resolución. Shaine O'Sullivan nunca hacía las cosas a medias. Su ardor, conmovedoramente inexperto, inflamaba sus sentidos. La besaba profundamente, acariciando sus pechos por encima del vestido, notando el seductor movimiento de sus caderas...

Impaciente, desabrochó los botones del corpiño. El sujetador también era azul.

–Lo he comprado por catálogo. Para ti –dijo ella, poniéndose colorada.

–Llevo semanas temiendo que esto pasara. No sabes cómo he deseado besarte, tocarte, abrazarte.

Shaine rió, metiendo la mano por debajo de la camiseta para tocarlo.

–Quiero estar desnuda, quiero sentirte por todas partes...

Jake se quitó la camiseta de un tirón y luego, más despacio, le quitó el vestido. Después, el sujetador y las braguitas, también azules. Por un momento, el tiempo se detuvo; sólo podía mirarla con todo el amor que llevaba guardado dentro.

–Jake, Jake... cuando me miras así, me derrito.

Él pasó la mano por su cuerpo, como para memorizar cada curva.

–Eres tan preciosa... tu piel es como la espuma.

–Y tus ojos como el mar –dijo Shaine, alargando la mano para desabrochar su cinturón. Unos segundos después, Jake estaba desnudo y encima de ella, sobre la manta. Olía a flores silvestres, incluso sabía a flores, su piel tan suave como un pétalo de rosa. Era su amor... y estaba abierta para él como las rosas se abrían para el sol. Jake metió la mano entre sus piernas y la encontró húmeda. Haciendo un esfuerzo sobrehumano, empezó a acariciarla, oyéndola gemir, sorprendida, encendida, excitada...

–Jake...

–Calla –la interrumpió él, levantando sus nalgas para llevarla hacia su hambrienta lengua. Ella echó la cabeza hacia atrás, enardecida y, unos segundos después, sus jadeos apasionados le parecieron la música más hermosa del mundo.

Pero no había terminado con ella. Tumbándose a su lado, le dijo:

–Ponte encima, Shaine. Tócame.

Con los ojos brillantes como una diosa pagana, ella se incorporó, el sol y la sombra jugando con sus pechos. Unos pechos hermosísimos, pensó Jake, con la boca seca. No aguantaría mucho. Pero más grande que su deseo era la emoción de verla descubrir su propia sensualidad.

–Me toca a mí –dijo ella, sonriendo.

–Te quiero –murmuró Jake.

Shaine se inclinó hacia delante, sus pezones rozándolo hasta que creyó que se moriría de placer. Estaba muy húmeda, pero incluso así hubo un momento de resistencia y una sombra de dolor cruzó su rostro.

Enseguida desapareció, reemplazada por una mueca de placer. Jake levantó las caderas para enterrarse en ella. Veía la tormenta formándose en los ojos verdes mientras su tumulto interior empezaba a ser insoportable.

Llegaron al orgasmo al mismo tiempo, sus gemidos mezclándose con los gritos de las gaviotas sobre sus cabezas. El corazón de Shaine latía sobre el suyo como las olas golpeando la playa...

Un camión apareció entre la niebla, interrumpiendo sus pensamientos. ¿A quién quería ver, a su hijo o a Shaine?

Shaine, quien después de hacer el amor le dijo que no podía ir con él a Nueva York. Que había cambiado de opinión.

Al principio no quiso explicarle por qué. Pero luego destruyó todas sus esperanzas, toda su fe en ella, diciendo que no lo amaba lo suficiente como para marcharse con él.

Destrozado, Jake salió de Cranberry Cove aquel mismo día.

Y había estado lamiendo sus heridas desde entonces. Sus aventuras habían sido divertidas, pero nada más. Nunca había vuelto a enamorarse. Y todo por una pelirroja que había capturado su corazón trece años atrás.

Y que le había dado un hijo.

Había vuelto a Cranberry Cove para conocer a Daniel. Nada más.

Jake entró en las estrechas calles del pueblo. Empezaba a atardecer y la luz era opaca y misteriosa. Pasó por delante de la casa de Shaine, pero no se detuvo. No tenía nada planeado. Él, que llevaba trece años con una vida tan organizada...

Entonces su corazón empezó a latir con fuerza. Un chico iba caminando por la acera, con una bolsa de hockey colgada al hombro. Jake lo habría reconocido en cualquier parte.

–¿Vas a la pista de hockey? ¿Quieres que te lleve?

El muchacho lo miró, sorprendido.

–Sí, gracias –contestó, con una voz más ronca de lo que Jake había esperado.

Daniel tiró la bolsa en el asiento trasero y se sentó a su lado.

–Lo vi en la pista hace unos días.

–Sí, es verdad. Soy Jake Reilly. Nací aquí, en el pueblo...

–Lo sé.

–¿Lo sabes?

–En el instituto hay fotografías suyas. Fue usted un campeón, por eso lo reconocí el otro día.

–Ah –murmuró Jake, con una notable falta de ingenio.

–¿Por qué has vuelto? –preguntó Daniel entonces, tuteándolo.

–Me marché de Cranberry Cove hace trece años y me apetecía volver.

–No, quiero decir por qué has vuelto hoy... por segunda vez.

–Pues... es que tenía que solucionar un asunto.

–He leído algo sobre ti en Internet.

–¿Por qué?

El chico se encogió de hombros.

–No lo sé. Un día, mi madre llevó una revista a casa y había fotografías tuyas en Singapur y luego bailando con una chica en una discoteca de Nueva York.

Su nombre era Marilee, recordó Jake. Aunque no recordaba nada más.

–Me marché de aquí porque buscaba nuevos horizontes.

–¿Por qué? ¿Qué tiene de malo Cranberry Cove?

–Nada. Pero no quería vivir aquí.

–Yo jugué en Maine el año pasado, pero luego volví

a casa –dijo Daniel entonces, desafiante–. ¿Dónde juegas ahora?

–Ya no juego.

–¿No? –exclamó el chico, horrorizado.

–Tenía otras cosas que hacer. Pero cuando te vi en la pista pensé que me gustaría volver a ponerme los patines –sonrió Jake.

–Me han dicho que mi madre y tú erais amigos.

–Sí, es verdad. Es una mujer estupenda... Daniel, me gustaría hablar contigo. ¿Podemos vernos después del partido?

El chico se puso tenso.

–¿Por qué no me lo dices ahora? Tengo tiempo.

Ahora o nunca, pensó Jake, mirando aquellos ojos azules tan parecidos a los suyos.

–He vuelto porque tenía algo que decirte. Hace trece años tu madre y yo... éramos novios. Cuando volví hace unas semanas, me enteré de que Shaine había tenido un hijo unos meses después de que yo me fuera de Cranberry Cove –empezó a decir Jake, con el corazón en la garganta–. Eres mi hijo, Daniel.

El chico lo miraba, muy serio.

–Desde que vi tu fotografía en el instituto, yo... pensé... como los O'Sullivan no tienen el pelo oscuro ni los ojos azules...

–¿Cuándo empezaste a sospechar?

–Hace tres o cuatro años.

–¿Por eso me buscaste en Internet?

–Sí, supongo que sí –suspiró Daniel. Las mangas de la chaqueta se le habían quedado cortas y ese detalle conmovió a Jake–. ¿Por qué has tardado trece años en venir a verme?

–No sabía de tu existencia hasta hace unos días.

–Si eras amigo de mi madre, ¿por qué nunca has vuelto a hablar con ella?

Era la pregunta más difícil.

–Yo estaba enamorado de tu madre, Daniel. Pero ella no quiso venir conmigo como habíamos planeado. Así que me marché sin mirar atrás. Mi padre se ahogó en Ghost Island y mi madre emigró a Australia... nada me ataba a Cranberry Cove.

–Estabas demasiado ocupado ganando dinero y saliendo con otras mujeres –dijo Daniel, con expresión hostil.

–Lo primero es verdad. Lo segundo, no. No me he casado ni he deseado hacerlo nunca.

–Mi madre nunca recibió un céntimo de ti. Ni un minuto de tu tiempo. Tuvo que hacerlo todo sola.

–Es verdad. Y no sabes cómo lamento no haber estado en contacto con ella. Y cómo lamento no haberte conocido antes.

–Yo estoy bien sin ti.

Daniel estaba, inconscientemente, diciendo lo mismo que Shaine.

–Sí, lo sé. Y debo admitir que, en un par de años, serás mejor jugador de hockey que yo –intentó sonreír Jake. El chico bajó la mirada. Era guapo. Unos años más tarde, las chicas se lo rifarían–. Daniel, sólo quiero conocerte un poco...

–Pues quédate por aquí.

–Quiero que seas parte de mi vida.

–¿Y mi madre?

–Shaine está tan enfadada conmigo como tú –suspiró Jake.

–¿Vas a casarte con ella?

–No creo que ella quiera casarse conmigo.

–Te da igual que me insulten en el colegio, ¿verdad? –le espetó Daniel entonces.

–¿Cómo? ¿Qué quieres decir?

–Ya da igual. Antes me insultaban, pero... mi tío Padric me enseñó a defenderme.

Padric. No su padre. A Jake se le hizo un nudo en la garganta.

–Lo siento, Daniel. Siento haber estado fuera tanto tiempo.

El chico se encogió de hombros.

–Tenías cosas más importantes que hacer... eres millonario. Y no te necesito. ¿Por qué iba a hacerlo?

Habían llegado a la pista de hockey y Jake detuvo el coche.

–No voy a marcharme, Daniel. Así que tendrás que acostumbrarme a verme por aquí.

Daniel tomó la bolsa de hockey, sin mirarlo.

–Llego tarde al entrenamiento –murmuró, dando un portazo.

Jake se quedó en el coche, inmóvil. Si había soñado que su hijo le echaría los brazos al cuello, sería mejor olvidarlo. Daniel estaba tan enfadado con él como su madre.

¿Con la misma razón?

El remordimiento, descubrió Jake, era mucho más insoportable que la pena. Sintió un dolor inmenso cuando su padre murió, ahogado en el mar que los había mantenido toda la vida. Pero la tristeza era algo natural y, con el tiempo, desapareció. En cambio, el remordimiento... ¿qué podía hacer? No podía reescribir el pasado. Shaine y Daniel habían sufrido porque él había dejado que el orgullo, el dolor y la ambición formasen una barrera que lo alejó de Cranberry Cove.

Daniel no había conocido la seguridad y el amor de

tener un padre, él sí. Le había robado a su hijo algo que debería ser la herencia de cualquier niño...

Jake frunció el ceño. ¿Fue culpa suya? ¿O era responsabilidad de Shaine por ocultarle el nacimiento de su hijo?

Años atrás se volvió loco preguntándose por qué no lo amaba lo suficiente como para marcharse con él. Ahora, después de aquella dolorosa reunión con Daniel, se preguntaba lo mismo. Shaine O'Sullivan no cambiaba fácilmente de opinión... ¿Qué habría pasado para que cambiase tan drásticamente sus planes?

Quizá había llegado el momento de enterarse, de exigir respuestas...

Pero, ¿y si Daniel no quería volver a verlo?

¿De qué valían todos los millones que había ganado si la mujer a la que amaba y su propio hijo no querían saber nada de él?

Capítulo 5

JAKE aparcó frente a la tienda de artesanía. Las luces estaban encendidas, la vidriera de la ballena más impresionante iluminada por detrás. Iba a comprarla, pensó, mientras abría la puerta.

Y si Shaine tenía algún problema, peor para ella.

Afortunadamente, no había clientes. Cuando Shaine lo vio, no se desmayó como la primera vez. Al menos, era un progreso.

–Podrías haberme avisado de que venías.

–Acabo de llevar a Daniel al entrenamiento.

–¿Qué?

–Lo vi caminando por la acera, así que me detuve y lo llevé en el coche.

Shaine se puso en jarras.

–Tenías que haber esperado antes de hablar con él.

–Pues no lo he hecho. Además, ya da igual. Desde que vio mi foto en el instituto, sospechaba que yo era su padre.

Shaine se puso pálida.

–¿Eso te ha dicho?

–El chico no es tonto. Se dio cuenta de que teníamos el mimo color de pelo, los mismos ojos... y sabe hacer cuentas.

–¡Pero a mí no me ha dicho nada!

–Por lo visto, vio unas fotografías mías en una revista y me investigó en Internet. Pero te alegrará saber que no parecía encantado de conocerme.

–Entonces, ¿él sabía que eras su padre? –preguntó Shaine, atónita–. No puedo creer que no me haya preguntado. ¿No confía en mí?

Jake tocó suavemente su brazo.

–Sólo tiene doce años.

–¿Está furioso contigo?

–Yo creo que sí. ¿Por qué no iba a estarlo? –murmuró Jake, paseando por la tienda como un león enjaulado–. Una de las razones por las que está enfadado conmigo es porque tuviste que criarlo sola, sin ayuda, sin dinero... Mientras yo, según Daniel, me dedicaba a amasar millones y a vivir como un rey.

–¿Y no es eso lo que has hecho?

–Por favor... deberías conocerme mejor.

La campanita de la puerta sonó en ese momento, anunciando la entrada de tres clientes. La primera, descubrió Jake, horrorizado, era Maggie Stearns. Los otros dos eran extraños. Turistas, seguramente.

–¡Pero si es Jake Reilly! Me habían dicho que estabas en el pueblo... ¿Qué haces por aquí?

–Llevaba demasiado tiempo fuera –contestó él.

–Trece años. El otro día le decía a Shaine que si venías por aquí me gustaría invitarte a un café. ¿Qué tal esta tarde? Marty estaría encantado de verte.

Su marido, Marty, a menos que hubieran cambiado mucho las cosas, se dedicaba a meter barquitos en botellas y apenas decía una palabra. Con el rabillo del ojo, Jake vio que Shaine esperaba su respuesta con malicioso placer.

–En otro momento, Maggie. Shaine me ha invitado a cenar.

–Eso no es... –empezó a decir ella.

–Ahora mismo iba a comprar una botella de vino.

–¿Qué piensas hacer de cena, Shaine? –preguntó Maggie.

–Besugo –contestó ella, fulminando a Jake con la mirada.

–¿Cuánto tiempo vas a quedarte, Jake Reilly? –sonrió Maggie.

Él contó hasta diez.

–Tendremos tiempo de vernos, no te preocupes. Saluda a Marty de mi parte.

–Lo haré, lo haré –sonrió la chismosa vecina, antes de salir de la tienda.

Shaine lo miró, irritada.

–De haber sabido que íbamos a cenar juntos, habría hecho pastel de moras.

Durante tres veranos, Shaine y él habían recogido moras cerca del acantilado. Entonces eran amigos, recordó; dos adolescentes que, a pesar de la diferencia de edad, disfrutaban con la compañía del otro.

–Quiero comprar la vidriera de la ballena. ¿Podrías enviarla a Long Island?

–Es muy cara.

Jake puso su VISA platino sobre el mostrador.

–Incluye los gastos de envío en el precio, por favor.

–¿Y qué vas a hacer con ella?

–Ponerla en mi casa, admirarla y pensar en ti. Bueno, voy a comprar esa botella de vino.

–Será mejor que compres más de una. Pienso invitar a mis tres hermanos a cenar –replicó Shaine.

Él soltó una carcajada.

–Pero diles que dejen la escopeta en casa.

–Es demasiado tarde para eso.

–Siempre fuiste una dura oponente –sonrió Jake, saliendo de la tienda.

¿Cuándo se había sentido tan vivo como en aquel momento, caminando por una estrecha calle de pueblo, oyendo el ruido de las olas que golpeaban contra el malecón, respirando un aire que olía a sal?

Sin embargo, iba a comprar una botella de vino para una cena que sería un desastre. Su hijo lo odiaba, los hermanos de Shaine sentían lo mismo... y Shaine lo deseaba y lo odiaba a la vez. Quizá debería comprar una caja entera de botellas.

Pero decidió comprar sólo dos de un Chardonnay bastante decente. Luego, para hacer tiempo, fue a visitar a Emily Bennett. La mujer, una viuda gordita de sesenta años, lo recibió con los brazos abiertos.

—¡Jake! Me habían dicho que estabas en el pueblo, pero...

—Tenía muchas ganas de verte —sonrió él, abrazándola—. Pero ahora mismo necesito un favor: no tendrás un pastel de moras en la nevera, ¿verdad?

—Hice media docena el otro día.

—Estupendo. Voy a cenar en casa de Shaine y me gustaría llevar uno.

—¿Vas a cenar con Shaine?

El rostro de Emily era como un libro abierto.

—¿Tú también sabes que Daniel es mi hijo? —suspiró Jake.

—Lo sé hace años, pero no he dicho una palabra.

—Yo no sabía nada, Emily. Me enteré hace poco.

—Porque te fuiste de Cranberry Cove como alma que lleva el diablo.

—Daniel no quiere saber nada de mí.

—No te preocupes, ya se le pasará. ¿Y Shaine?

—Igual.

—En fin... voy a buscar el pastel. Un pastel de moras puede hacer milagros —sonrió la viuda.

¿Conseguiría el pastel derretir el corazón de Shaine O'Sullivan? Jake no lo creía.

Unos minutos después, Emily subía del sótano respirando con dificultad.

–¿Cuánto tiempo vas a quedarte en el pueblo?

–Aún no lo sé.

–¿Piensas casarte con Shaine? Ya es hora de que el chico tenga un padre.

–Shaine no se casaría conmigo aunque hubiéramos tenido quintillizos –suspiró Jake.

–Entonces, será mejor que te quedes por aquí hasta que cambie de opinión –dijo Emily, convencida–. Con lo guapo que eres no tendrás problema para convencerla... y no olvides venir a visitarme con un poco más de tiempo.

–Volveré mañana o pasado, te lo prometo.

¿Todo el pueblo sabría que Daniel era su hijo? ¿Se meterían con el chico ahora que él había vuelto?

Jake vio la casa amarilla emergiendo entre la niebla. Impulsivamente, tomó un desvío hasta el acantilado. Cuando encontró lo que buscaba, dejó el pastel y las botellas de vino en el suelo y se inclinó para hacer su tarea. Luego volvió a la casa.

Las luces estaban encendidas. Por la ventana, vio que Shaine estaba en la cocina, en vaqueros, con un jersey de color fucsia. Si pudiera llevarla a la cama... si la vida fuera tan simple.

Ella diría que sí. Estaba seguro de que lo deseaba tanto como él. Imágenes de Shaine desnuda aparecieron en su mente, haciendo que su pulso se acelerase. Nunca habían estado en la cama, hicieron el amor sobre una manta en la hierba...

¿Debería pensar en sexo o en la platónica amistad que habían compartido durante tantos años? ¿No se habían encontrado cerca de allí por primera vez? Él iba corriendo por el camino...

Jake corría, oyendo sólo el ritmo de sus pies sobre la hierba y la música de los auriculares. Pero entonces vio a una chica agachada en medio del camino, llorando.

Se detuvo en seco, respirando profundamente. A los trece años, no estaba interesado en las chicas. Especialmente, si estaban llorando.

–¿Te pasa algo? –preguntó, quitándose los auriculares.

–No, estoy bien.

Tenía los ojos llenos de lágrimas, pero lo miraba con expresión desafiante mientras intentaba esconder un cuaderno de dibujo.

–Espera un momento, enséñamelo.

–¡No quiero!

Jake se lo quitó. Estaba dibujando unas flores.

–Son muy bonitas.

–Lo dices para que deje de llorar.

–No, lo digo en serio. Yo suspendí dibujo el año pasado, pero tú debes ser la primera de la clase, ¿no?

–El profesor dice que debería dibujar lo que me manda y no lo que me da la gana.

–El señor Mulligan es un idiota.

La chica soltó una risita.

–Yo lo odio.

–Obligarnos a hacer dibujos horribles le hace feliz. Pero tú haz lo que quieras. Esas flores son muy bonitas.

–¿De verdad te gustan?

–Se mueven con el viento, ¿no? –murmuró Jake, mirando el dibujo–. Es como cuando estoy en la pista de hockey... casi puedes oír el viento.

Ella se puso colorada.

–Las otras chicas piensan que soy rara. Sally Hatchet no me ha invitado a su fiesta de cumpleaños.

–¿Por eso estabas llorando?

–Sí... pero yo no puedo dejar de ser yo.

Por impulso, Jake le puso los auriculares.

–Escucha esto.

–¿Qué es? Nunca había oído música así.

–Es música clásica, el adagio de Albinoni. Se supone que los chicos de mi edad no escuchan este tipo de música. Yo siempre me meto en peleas porque odio el rap y el rock and roll y soy el primero de la clase sin tener que estudiar. Menos mal que soy bueno jugando al hockey, me ahorra muchos líos.

–Entonces, tú también eres un poco raro –dijo la chica.

–Sí, pero no pasa nada.

–Las chicas no se pelean, simplemente no te dirigen la palabra.

–¿Qué tal si tú y yo nos vemos de vez en cuando? Podríamos ir a buscar moras. Yo escucharé música clásica mientras tú pintas tus cosas y nadie nos molestará.

Ella sonrió, encantada.

–Me llamo Shaine O'Sullivan y vivo en la casa amarilla cerca del acantilado.

–Jake Reilly. Vivo en la calle Mayor –dijo él–. Iré a buscarte dentro de un par de días. Puede que mi padre vaya a Ghost Island este fin de semana... allí están las moras más jugosas.

Ése había sido el principio, pensó Jake. Un encuentro fortuito y luego una tarde recogiendo moras. Durante años, lo suyo con Shaine fue una buena amistad.

Se escribieron mientras él estaba en la universidad y luego, cuando volvió para el funeral de su padre, en lugar de la niña a la que recordaba encontró a una mujer bellísima. Una extraña que no era una extraña, más seductora por eso... y fue entonces cuando se enamoró.

Jake sacudió la cabeza. Hora de entrar en casa, hora de enfrentarse con la familia, pensó.

Seguía loco por la música clásica, aunque había hecho falta un heterodoxo profesor de matemáticas para aliar eso con su genio para los números. ¿Qué clase de música le gustaría a Daniel?

Jake llamó al timbre.

—Dos botellas de vino, un pastel de moras y... un ramo de rosas silvestres —dijo, cuando Shaine abrió la puerta.

Eran rosas del acantilado, rosas salvajes.

—Ah.

—En Cranberry Cove no hay ninguna floristería, ya sabes.

Era un regalo muy sencillo. No tenía por qué sentirse como si le hubiera dado el sol y la luna. Pero ella lo miraba de una forma...

—¿De dónde has sacado el pastel? —preguntó Shaine, cuando pudo encontrar su voz.

—Tengo mis contactos.

—Ojalá no me hicieras reír. Ojalá no me gustases... porque te odio —dijo ella entonces, con la sinceridad que siempre la había caracterizado.

Jake sonrió.

—Cuidado cuando pongas las rosas en agua. Tienen espinas.

—¿Se supone que es una metáfora?

—¿De qué?

—De la vida en general —suspiró Shaine—. ¿Por qué

no las pones tú en agua? Hay un jarrón debajo del fregadero.

—Se supone que deberías darme las gracias —dijo Jake, acercándose.

—A ninguno de los dos se le da bien hacer lo que hacen los demás —replicó ella, amenazándolo con una cuchara de madera.

Jake apartó la cuchara y la tomó por la cintura.

—Hueles muy bien. Si no tuvieras tres hermanos y un hijo, ¿sabes dónde estaríamos?

—¿En este pueblo? Lo dirás de broma... Maggie se enteraría antes de que hiciéramos nada.

—A pesar de las fotos de esa revista, no he salido con muchas mujeres —dijo él entonces—. Y en trece años nunca he conocido a nadie como tú. Nunca. Sólo tengo que mirarte y...

Entonces oyeron un portazo y Shaine se apartó, nerviosa.

—Pon las rosas en el jarrón.

Cuando Daniel entró en la cocina, Jake estaba abriendo el grifo.

—Hola, Daniel.

—¿Qué hace él aquí? —preguntó el chico.

—Le he invitado a cenar. Tienes veinte minutos para ducharte...

—¡Pero es mi padre!

—Sí, lo es —contestó Shaine—. Sé que esto es difícil para ti, hijo. Para los dos. Pero Jake está aquí y quiere conocerte.

—Cenaré en mi habitación. Tengo que hacer los deberes.

—Van a venir tus tíos y vamos a cenar en el comedor. Ve a ducharte —insistió ella.

Daniel medía lo mismo que su madre, pero fue él

quien bajó la mirada y salió de la cocina con la cabeza baja.

–Deberías haberle dicho que me he invitado a cenar yo mismo –murmuró Jake.

–Estoy intentando hacer lo que me parece mejor para mi hijo. Pero con él discutiendo y tú tonteando... no sé cómo voy a hacer nada.

Enfadada, apasionada y obstinada, como siempre. ¿Cómo no iba a sentirse atraído por ella, como el río por el mar?

–¿Puedo echarte una mano?

–Pon la mesa, por favor. Los platos están en ese armario.

Jake estaba colocando las servilletas cuando los tres hermanos de Shaine entraron en la casa, en procesión: Devlin, que tenía el pelo color zanahoria, Padric, el más fornido, y Connor, con una larga coleta. Ninguno de los tres lo recibió con una sonrisa. Daban la impresión de estar deseando darle su merecido.

Que lo intentasen.

Devlin dejó un tarro de pepinillos sobre la encimera, Padric seis botes de cerveza y Connor, que había ido con las manos vacías, se inclinó para besar a su hermana.

–¿Ha llegado Daniel?

–Sí, está duchándose –contestó ella.

–¿Qué piensa de todo esto?

–No le hace mucha gracia.

–A mí tampoco –dijo Padric, abriendo una cerveza.

–No crees más problemas –le ordenó Shaine–. Connor, sírveme una copa de vino, por favor.

Su hermano tomó una botella y lanzó un silbido.

–Un buen vino. Ya me imagino quién lo ha traído.

–Podemos salir a la calle después de cenar para darnos de tortas –dijo Jake entonces–. Pero, por ahora, vamos a intentar portarnos como personas civilizadas. Aunque sólo sea por Daniel.

–Tiene razón –suspiró Devlin.

Jake jamás olvidaría aquella interminable cena. Daniel no decía nada a menos que le preguntasen y contestaba sólo con monosílabos. Shaine alternaba entre el silencio y parloteos absurdos. Los tres hermanos hacían lo que podían. Y en cuanto a Jake, se portaba como el más civilizado de los neoyorquinos.

–El pescado está muy rico –dijo, intentando romper el silencio–. Mucho mejor que en Nueva York.

–Pues has tardado mucho en venir a probarlo –replicó Connor.

–Pero he vuelto. Y no pienso desaparecer, lo juro.

–¿Y a quién le importa? –murmuró Daniel.

–Ya está bien –le advirtió Shaine.

–No quiero pastel –dijo el chico entonces, levantándose–. Me voy a casa de Art. Prometí ayudarlo con los deberes de álgebra.

Shaine dejó caer los hombros.

–¿Para qué estamos fingiendo que ésta es una cena familiar? No lo es.

–No debería haber venido –dijo Jake entonces.

–Quizá no, pero estás aquí y vamos a comernos el pastel. Connor, ¿te importa hacer el té? Padric, el pastel está en el horno. Devlin, los pepinillos estaban muy ricos –murmuró Shaine, intentando contener las lágrimas.

–El chico se acostumbrará a la idea de que tiene un padre –dijo Devlin entonces–. Pero tardará algún tiempo.

–Tengo toda la vida –suspiró Jake–. No pienso abandonarlo.

En ese momento sonó el teléfono y Shaine se levantó.

–¡Cameron! ¿Cómo estás? –exclamó, con evidente alegría.

¿Quién demonios era Cameron?, se preguntó Jake. No se le había ocurrido preguntar si salía con alguien...

–¿Estás dónde? ¿En Toronto? ¿Por qué...? ¿En serio...? Oh, Cameron, qué alegría... ¿me llamarás en cuanto sepas algo? ¿Cómo está tu madre...? Me alegro mucho. Muy bien, hablaremos pronto. Adiós.

Shaine colgó y se volvió para mirar a los cuatro hombres.

–Era Cameron –dijo, innecesariamente–. Ha enviado una de mis vidrieras a un concurso en Toronto y la semana que viene le dirán si la han aceptado.

Sus hermanos la felicitaron, pero Jake se quedó callado. El tal Cameron actuaba como si fuera su representante. ¿Y por qué conocía Shaine a su madre?

Tenía que enterarse. Había llegado la hora de exigir respuestas, pensó, mientras la veía subir corriendo a la habitación de Daniel para darle la noticia.

Por muy tarde que se fueran sus hermanos, él se marcharía el último.

Capítulo 6

CUANDO Shaine volvió a la cocina, su hijo iba tras ella.

—Yo te llevaré a casa de Art —se ofreció Devlin—. Adiós, Jake.

—Adiós.

Unos minutos después, Shaine y él estaban solos en la cocina.

—El pescado te ha quedado soberbio, pero he estado en funerales más divertidos que esta cena.

—Al menos no se ha convertido en una pelea.

—Podría haber pasado de no estar Devlin aquí. Es el único que tiene algo de sentido común.

—Es el mayor —suspiró Shaine, metiendo los platos en el fregadero—. Y el que más echó de menos a mis padres.

—Supongo que fue un momento terrible para ti.

—Sí, lo fue. Fue un accidente tan estúpido... estaban al lado de casa.

—Tú no estabas en Cranberry Cove cuando ocurrió.

—Seguía en la universidad. Mis padres insistieron en que siguiera estudiando cuando Daniel nació. Mi madre cuidaba de él, pero el día antes del accidente los llamé para decir que no podía estar separada de mi hijo... que pensaba volver a Cranberry Cove. A veces me he preguntado si mi padre estaría distraído ese día, preocupado por mí y por Daniel...

–No pienses eso –la interrumpió Jake–. El hielo puede engañar hasta al mejor conductor. No fue culpa tuya, Shaine.

–Yo... no le había contado esto a nadie. Antes te contaba a ti mis cosas, Jake. Siempre fuiste mi mejor amigo.

–Yo digo todo el tiempo que siento no haberme puesto en contacto contigo, pero ¿qué significa eso? –murmuró Jake entonces, como si hablara solo–. Son palabras fáciles de pronunciar, pero no solucionan nada.

–Estoy preocupada por Daniel –dijo Shaine.

–Esperemos que Devlin tenga razón, que con el tiempo acepte que tiene un padre –suspiró él, acariciando su cara.

–Sí, bueno... será mejor que terminemos de fregar los platos.

Jake la abrazó entonces.

–Shaine...

–No, por favor. No puedes hacerme esto. Tú puedes marcharte cuando quieras, pero yo no.

Él levantó su barbilla con un dedo.

–No llores, por favor. La primera vez que te vi estabas llorando... ya sabes que eso me parte por la mitad.

–¡No estoy llorando a propósito! No soporto a las mujeres que lloran.

Jake tomó un paño y le secó las mejillas.

–Así está mejor.

Sin pensar, Shaine levantó la mano y trazó con un dedo las arruguitas que había alrededor de sus ojos.

–Dices que he cambiado. Tú también has cambiado. Sé que tienes mucho dinero y que eres un hombre de éxito, pero no creo que haya sido tan fácil.

Sintiendo como si algo que se había congelado años atrás empezara a descongelarse, Jake carraspeó.

–¿Por qué dijiste que no me amabas lo suficiente como para irte conmigo? ¿Era verdad, Shaine?

Ella lo miró, asustada. De todas las preguntas que podría haberle hecho, aquélla era la que menos deseaba contestar.

–Eso fue hace mucho tiempo... ¿por qué lo recuerdas ahora?

–Porque es importante.

–Para ti, quizá.

–Sin quizá.

–No quiero hablar del pasado cuando tengo que lidiar con el presente. Daniel es lo más importante para mí ahora, Jake. Ni tus sentimientos ni los míos.

–¿Cómo podemos separar nuestros sentimientos de él? Somos sus padres, Shaine. Tú y yo.

–Aún tienes que probar que puedes portarte como un verdadero padre.

–¡Te he dicho que no pienso abandonarlo!

–Eso es fácil de decir.

Jake se pasó una mano por la cara.

–Que Dios me ayude... Me vuelves loco, Shaine O'Sullivan. Me encanta verte enfadada. Gritas, te brillan los ojos...

–He tenido que tratar con cuatro hombres, mis hermanos y mi hijo.

–¿Y con quién más? ¿Quién es ese Cameron?

–Cameron se enfadaría mucho si perdiera los nervios con él. Es un hombre encantador.

–¿Encantador? Ah, entonces no tiene nada que hacer.

–¿Qué quieres decir?

–Tú no podrías estar con un hombre encantador. Te aburrirías en la luna de miel.

–Para ser alguien que desapareció hace trece años, pareces saber muchas cosas sobre mí –replicó ella.

–Soy tu fan número uno –sonrió Jake–. En las raras ocasiones en las que he perdido los nervios con una mujer, ella ha salido corriendo. Pero tú no, tú la devuelves de inmediato.

–No me asustas, Jake Reilly.

–Oh, Shaine. No deberías decirme esas cosas.

Jake inclinó la cabeza para buscar sus labios y sintió enseguida que su resistencia se debilitaba. Con la pasión que había aprendido a esperar de ella, Shaine le echó los brazos al cuello para devolverle el beso.

Se ahogaba en su belleza, en su calor, en las curvas de su cuerpo. Abrumado por un ansia desesperada, se dio cuenta de que ella estaba temblando y sintió que el suelo se abría bajo sus pies.

–Daniel podría volver en cualquier momento. Pero no puedo dejar de tocarte...

–¿Sabes una cosa? Se me había olvidado Daniel. ¿Qué clase de madre se olvida de su hijo?

–¿Una mujer que tiene deseos propios?

–No puedo permitirme esos deseos. Jake, vete a casa. Al hotel, a Nueva York o a Singapur...

–No estoy en situación de salir por esa puerta.

Ella miró hacia abajo y se puso colorada.

–Mi vida era tan ordenada antes de que volvieras a Cranberry Cove. La tienda va bien, Daniel era feliz... Y ahora no sé ni dónde estoy...

–¿Eso es lo que quieres que pongan en tu tumba? ¿Vivió una vida ordenada?

–Mejor eso que otras fantasías –murmuró Shaine, tomando un plato.

–¿Vas a rompérmelo en la cabeza? –rió Jake, tomándola por la cintura.

–¡Estate quieto! ¡Tengo que fregar!

Suspirando, él salió al pasillo para hacer tiempo.

Quería ver su estudio. Sabía que había añadido una habitación al lado de la cocina...

–¿Quién te ha dado permiso para entrar aquí? –exclamó ella, unos segundos después.

–Estas vidrieras... son preciosas. Has conseguido muchas cosas en la vida, Shaine: has criado a tus hermanos, un hijo, una tienda... Debes haber trabajado tanto comó yo.

–¿No nos hicimos amigos porque nos parecíamos?

–Nos parecíamos y éramos diferentes de los demás.

En realidad, para él había sido más fácil, mucho más fácil. Porque él era libre para hacer lo que quisiera.

¿Y si Daniel no lo aceptaba nunca? Entonces no tendría más remedio que alejarse de Shaine...

–He visto el horario de entrenamientos de Daniel en la nevera. Mañana iré a verlo... Puedo quedarme en Cranberry Cove una semana, pero luego debo volver a Nueva York y Hong Kong. Ya veremos cómo están las cosas para entonces.

Shaine le hizo entonces una pregunta crucial:

–¿Y si sigue igual? ¿Volverás, Jake?

Él se pasó una mano por el pelo.

–Sí. Tengo que compensar doce años de su vida –suspiró–. Y ahora me voy. No voy a darte un beso de buenas noches porque los dos sabemos dónde nos llevaría eso.

De repente, Shaine dejó caer los hombros.

–No deberíamos haber hecho el amor en la isla... ¿en qué estábamos pensando?

–Éramos jóvenes. No pensábamos con la cabeza. Pero no lo lamento. Tú tampoco desearías que Daniel no existiera, ¿verdad?

–¡No! –exclamó ella, horrorizada.

–Pues eso. Hasta mañana, Shaine.

Jake salió de la casa para enfrentarse con la niebla. La sirena del faro sonaba en la oscuridad, como un grito solitario. Como una advertencia, pensó.

Durante el partido de hockey, Jake intentó pasar lo más desapercibido posible. Sin embargo, Daniel lo vio de inmediato. El chico no hizo ningún gesto, pero jugó como un maníaco, casi con violencia. Y gracias a él, su equipo ganó el partido.

Después de comer, Jake decidió hacer tiempo. Le había prometido a Shaine que iría a verla, pero antes fue a visitar a Marty y Maggie, intentando evitar en lo posible las preguntas de la curiosa vecina.

Si iba a ver a Shaine, seguramente vería a Daniel.

¿Tenía miedo de su propio hijo?

La niebla había ido desapareciendo durante el día y la casa amarilla frente al acantilado tenía un aspecto invitador. Pero cuando Shaine abrió la puerta, estaba pálida.

–Pensé que eras Padric.

–¿Padric? ¿Por qué?

–¿No lo sabes?

–¿Saber qué? ¿Qué pasa?

–Padric salió a cazar esta mañana, pero no ha vuelto. Todo el pueblo está buscándolo.

–Quizá ha visto un ciervo y va detrás de él. Acaba de oscurecer...

–No lo entiendes –lo interrumpió Shaine–. Hoy tenía una partida de billar con sus amigos. No ha nacido el ciervo que le haga perderse una partida de billar.

–¿Dónde están buscándolo? –preguntó Jake.

–En el camino que va a Black Lake, es allí donde suele cazar.

–¿Dónde está Daniel?

–No ha vuelto... ah, ya está aquí.

El autobús del colegio acababa de detenerse delante de la casa. Al ver a Jake, Daniel apartó la mirada.

–¿Me dejas pasar?

–Tu tío Padric se ha perdido en el bosque, hijo. Están buscándolo.

–¿En serio?

Shaine miró alrededor, como perdida.

–¿Dónde está la linterna? ¿Dónde está, Daniel?

El chico apartó unas chaquetas del perchero.

–Le puse pilas la semana pasada. ¿Dónde está el tío Devlin?

–Con los demás, buscando a Padric.

–Yo también voy a buscarlo.

–No, mañana tienes que ir al colegio y...

–¿Por qué no vienes conmigo? –sugirió Jake–. Serán un par de ojos más.

–Por favor, no te metas...

–¡Pero yo quiero ir, mamá!

Shaine dejó caer los hombros.

–Muy bien, muy bien. Jake, prométeme que no te separarás de él ni un momento.

–Te lo prometo. ¿Lo oyes, Daniel? No puedes apartarte de mí.

El niño lo fulminó con la mirada.

–Voy a ponerme las botas.

–Daniel –dijo Jake entonces, sujetándolo por la manga de la chaqueta–. No vas a ningún sitio hasta que me contestes.

Los ojos azules del chico brillaban, desafiantes. Pero Jake no bajó la mirada. Tenía que ganarse el respeto de su hijo.

–Muy bien, de acuerdo –dijo Daniel por fin.

–Estupendo. Y no te preocupes, tu tío Padric estará de vuelta en casa antes de medianoche. Ya lo verás.

En el camino de Black Lake encontraron un montón de coches. Un ranger con un walkie talkie estaba al lado de su jeep, mirando un mapa.

–¿Se sabe algo? –preguntó Jake.

–Todavía no. Han buscado en las orillas del lago y en Corkum Hills. ¿Conoce usted el bosque?

–Crecí aquí, así que lo conozco como la palma de mi mano. Al este del lago hay un sitio donde solía haber muchos ciervos... Aquí –dijo Jake entonces, señalando el mapa–. Daniel y yo iremos a echar un vistazo, pero tardaremos un par de horas.

–Los bomberos tocarán la sirena cuando lo encuentren. Podrá oírse incluso en medio del bosque.

–Muy bien.

El chico y él se pusieron en camino. Los árboles habían crecido mucho en trece años, pero Jake reconocía el camino.

–Aquí cerca hay una cueva. Cuando tenía tu edad, solía venir a fumar... Pero nunca le enseñé ese sitio a nadie, así que no creo que Padric lo haya encontrado.

Daniel emitió una especie de gruñido y Jake suspiró. Había esperado que esa expedición soltara la lengua de su hijo, pero...

–Aún queda un kilómetro –murmuró, intentando no tropezar con las raíces que crecían por todas partes. Ésas eran sus raíces, literalmente. No debería haber estado fuera tanto tiempo. Si hubiera vuelto antes, se habría enterado antes de la existencia de su hijo.

Podría haber conocido a Daniel a los cinco, a los seis años, y quizá entonces el niño le habría aceptado. Pero había sido demasiado testarudo como para volver a casa.

–Estás en buena forma después del partidazo que has jugado hoy.

Daniel, de nuevo, no dijo nada. Poco después, Jake se colocó las manos sobre la boca a modo de bocina:

–¡Padric!

Un pájaro se coló entre las ramas de un árbol cercano. Jake volvió a gritar... Y entonces oyó algo.

–Daniel, ¿has oído eso?

–Sí, justo delante de nosotros.

–Ahí es donde está la cueva de la que te he hablado. Vamos.

Jake empezó a correr y el chico lo siguió, pisándole los talones. Delante de la cueva había un matorral, pero Jake vio un par de ramas rotas.

–¡Padric!

–Aquí... cerca de la cueva –oyeron una voz.

Entonces lo vio. Estaba tumbado en el suelo, pálido, con una pierna colocada en una posición que no dejaba lugar a dudas: estaba rota.

–¿Qué ha pasado?

–Me he caído –contestó Padric–. Creo que me he roto la pierna.

–Dale un poco de agua, Daniel –dijo Jake, pensando a toda velocidad–. Sé que le he prometido a tu madre que no me separaría de ti, pero ¿te quedarías con Padric mientras yo voy a buscar ayuda?

–Sí, claro. Mi madre me ha guardado unas galletas en el bolsillo. ¿Quieres una, tío Padric?

–No te habrá puesto una cerveza, ¿verdad?

–Soy menor de edad, no puedo beber alcohol– sonrió el chico.

Deseando que algún día su hijo le sonriera así, Jake anunció:

–Volveré en cuanto pueda, pero tardaré al menos una hora. La ambulancia no puede llegar hasta aquí.

–¿Cómo me has encontrado? –preguntó Padric.

–Venía por aquí de niño y siempre veía algún ciervo.

–Gracias, amigo –suspiró él.

Dos horas después, un equipo médico llegaba a la zona. Daniel se había quedado dormido, con la cabeza apoyada en el pecho de su tío. Jake se detuvo, con el corazón encogido.

–Pensé que saldrías corriendo antes de hacer frente a tus obligaciones como padre –dijo Padric en voz baja–. Pero me había equivocado.

–Gracias.

–¿Recuerda que me dijiste que debería preguntarle a Shaine por qué te fuiste de Cranberry Cove? Se lo pregunté y me dijo que me metiera en mis asuntos.

Jake soltó una carcajada.

–Así es tu hermana.

–El chico merece la pena. Es un chaval estupendo.

–Lo sé.

A pesar de los analgésicos, Padric debió sufrir mucho. Daniel caminaba al lado de la camilla, apretando la mano de su tío, que intentaba disimular. Cuando llegaron al claro del bosque, Shaine corrió hacia ellos.

–Padric, ¿cómo estás? Qué susto nos has dado.

–Me resbalé con el musgo. Creo que me he roto la pierna.

–Serás idiota. Si no hubiera sido por Jake, aún seguirías ahí tirado. Oh, Padric, qué alegría... ¡No vuelvas a hacerme esto en tu vida!

Shaine apoyó la cara en el pecho de su hermano, sollozando.

–No llores, tonta.

–¡No estoy llorando! –gritó ella, abrazando a Jake–. ¿Cómo puedo agradecértelo? He pasado un miedo horrible...

–Me alegro de haber podido echar una mano.

–Daniel, ¿estás bien? –preguntó Shaine entonces, apartándose.

–Sí, mamá. Estoy bien.

–Hay una ambulancia esperando en la carretera. Jake, ¿te importaría quedarte con Daniel mientras yo voy al hospital con mi hermano?

–Puedo ir a casa del tío Devlin –dijo el chico.

–Aún no ha vuelto, hijo... Ah, aquí llega el doctor McGillivray.

El hombre había engordado un poco en aquellos años y tenía muchas canas, pero sus cejas seguían tan pobladas como antes.

–Hola, doctor –lo saludó Jake.

El médico, que estaba mirando a Padric, giró la cabeza.

–Jake Reilly. No sabía que anduvieras por aquí.

–Pues debe ser el único –bromeó él.

Pero le sorprendió algo: la expresión del doctor McGillivray al verlo había sido... ¿de culpabilidad? Pero, ¿por qué?

–¿Dónde te habías metido, Padric? Está todo el pueblo despierto por tu culpa.

Mientras el médico le ponía una inyección para calmar el dolor, Shaine se acercó a Jake.

–Gracias, gracias. Pensar que mi hermano podría haber estado tirado en medio del campo toda la noche...

–De nada, tonta.

Ella siguió a la camilla hasta la ambulancia. La gratitud estaba bien, pensó Jake. Pero él quería mucho más que gratitud de Shaine O'Sullivan.

¿Qué quería exactamente?

Shaine, acompañada de Devlin y Connor, volvió a casa alrededor de las tres de la mañana. Padric tenía rota la tibia y debía quedarse unos días en el hospital. Daniel estaba ya en la cama. Se había ido a su habitación nada más entrar en casa, sin decir una palabra. Pero Jake se guardó eso para sí mismo.

Después de recibir el agradecimiento de los O'Sullivan, decidió volver al hotel. Al día siguiente, se levantó temprano e hizo varias llamadas. A las diez, entraba en la tienda de artesanía. La ayudante de Shaine, una chica llamada Jenny, sonrió, conspiradora.

–Está en la trastienda.

–Gracias –dijo Jake.

Al verlo, Shaine sonrió. Pero enseguida apartó la mirada.

–Estoy ocupada.

No parecía ni agradecida ni apasionada. Desgraciadamente.

–No tanto como para no venir conmigo.

–¿Dónde? Tengo muchas cosas que hacer...

–No querrás que nos oigan discutir, ¿no? Mi coche está fuera y tengo todo lo necesario.

–Puede que eso te funcione en Nueva York, pero...

–¿Vas a venir o tendré que llevarte en brazos?

–¡No te rías de mí!

–Muy bien.

Jake se la echó al hombro sin miramiento alguno y abrió la puerta. Habían entrado dos clientes en la tienda; afortunadamente, ninguna de ellas era Maggie.

–¡Déjame en el suelo!

–Es un mundo injusto y yo soy más fuerte que tú –dijo Jake–. Hola, señora Mulligan. Adiós, Jenny. Gracias.

La campanita de la puerta sonó alegremente mientras salían, dejando a las tres mujeres boquiabiertas.

–No puedo dejar a Jenny sola –protestó Shaine.

–Sí puedes. Y Daniel está jugando al hockey en St. Anthony, así que no hay ningún problema.

Cuando llegaron al coche la dejó en el suelo, pero la sujetó por la cintura, por si acaso.

–No salgas corriendo. Entra.

–¿Qué estás haciendo, secuestrarme?

–Eso es.

–No pienso acostarme contigo, Jake Reilly.

–Créeme, cuanto llegue el momento, no tendré que secuestrarte.

Shaine lo fulminó con la mirada.

–Debo ser la mujer más tonta de Terranova. Te comportas como un Neandertal y a mí se me alteran las hormonas.

–Entra, Shaine.

–¡No soy tu mascota! ¿Te das cuenta de que todo el pueblo sabrá de esta pequeña escapada nuestra?

–Entra.

Shaine se mordió los labios.

–Muy bien. De acuerdo –suspiró, entrando en el coche.

–Hace un día precioso, ¿verdad? –sonrió Jake–. Lo he pedido especialmente para ti.

–Eres un grosero y un bruto.

–Pero soy sexy. Según tú.

Eso era verdad.

–Tengo que estar en casa a las cuatro... para atender a Padric.

–De eso nada, Padric está en el hospital y Devlin está con él.

–¿Todo el pueblo se ha confabulado contra mí?

–¿Te haría yo eso? –rió él, mientras conducía hasta el muelle.

Tom Bank, uno de los socios de su padre en el negocio de la pesca, se acercó al coche.

–El Gertrude está preparado. No tengo que recordarte cómo manejarlo, ¿verdad?

–Algunas cosas no se olvidan nunca, Tom.

El sol brillaba sobre el agua y las olas golpeaban el casco del barco. Jake respiró profundamente.

–Gasóleo, cebo podrido y agua salada... ¿hay algo que huela mejor?

–No he salido a navegar en tres o cuatro años –dijo Shaine.

–Eso lo arreglamos enseguida. Gracias, Tom, volveremos alrededor de las cuatro.

–No hay prisa.

–En esta bolsa llevo ropa para ti. ¿Quieres ponértela, Shaine?

Ella tomó la bolsa y desapareció en la cabina sin decir nada. Poco después salió, con unos pantalones cortos y una camisa de flores. Jake sonrió. Navegar era una de sus aficiones. Y hacerlo con Shaine O'Sullivan lo llenaba de felicidad.

¿Cuándo se había sentido más libre?

Capítulo 7

GHOST Island estaba a media hora del muelle de Cranberry Cove. Jake no sabía cómo reaccionaría Shaine cuando supiera que iban a la isla. Pero pronto iba a enterarse.

–Parece que han arreglado el viejo muelle –murmuró, apagando el motor.

–Hace un par de años –dijo ella–. No he vuelto nunca por aquí, Jake. Ni una sola vez.

–Pues me alegro de que vengas conmigo. He traído merienda y una cesta para llenarla de moras o frambuesas, lo que encontremos.

Entonces vio una expresión de alivio en su rostro.

–Ah, qué bien.

–Shaine, no te he traído aquí para seducirte. He pensado que nos vendría bien estar unas horas a solas, lejos del pueblo, de nuestro hijo, de tus hermanos.

–Dos amigos recogiendo moras, ¿no?

No era tan sencillo.

–Sí –dijo Jake, sin embargo.

Durante dos horas, estuvieron recogiendo moras y frutas del bosque. Luego Shaine se estiró, cansada.

–Tengo hambre.

–Vamos a comer.

El cocinero del hotel le había preparado una merienda deliciosa. En su opinión.

–¡Sándwiches de pollo! Qué original –rió Shaine.

–Me encantan.

–Son tus favoritos y a mí me gusta cualquier cosa que no haya tenido que preparar yo misma.

Jake sirvió dos copas de vino blanco y le pasó una fiambrera con apio y zanahorias. Fue una comida poco sofisticada que a muchos de sus clientes les habría horrorizado. Pero para Jake, sentado sobre la hierba con Shaine, era ambrosía.

Ella se incorporó abruptamente.

–Tu padre se ahogó cerca de esta isla.

–Cerca del arrecife, donde el faro.

–Alguien me dijo que tu madre había vuelto a casarse.

–Así es, hace varios años –suspiró él–. Ahora ha vuelto a ser feliz. Cuando mi padre murió, no podía soportar ver el mar que lo había matado, así que se marchó y no volvió jamás a Cranberry Cove. Otra razón más para que yo no volviera.

–Pero nunca me escribiste –murmuró ella.

–No debería haber estado alejado tantos años, es verdad. Paseando por el bosque la otra noche, respirando el olor de este mar... todo esto es parte de mí, Shaine. Una parte que había perdido. Cuando me marché de aquí, me dediqué a trabajar como un salvaje. Siempre se me dieron bien las matemáticas, ya lo sabes, pero me arriesgué en Bolsa y tuve suerte. Mucha suerte. Cuanto más dinero ganaba, más arriesgaba. No había vuelto a mirar atrás desde entonces.

–¿Eres muy rico? –preguntó ella, con expresión inocente.

–Mucho. Tengo dos casas en Nueva York, un chalé en los Alpes, un apartamento en París... ése te gustaría mucho, está al lado del Louvre. Pero incluso antes de volver a Cranberry Cove, me había dado cuenta de que en el camino había perdido algo. ¿Mi alma? No sé, ésa es una palabra muy grande.

Shaine le pasó otro sándwich, sin dejar de mirarlo a los ojos.

—Sigue contándome cosas.

—Se me había olvidado cuánto me gustaba hablar contigo. Perdona si te estoy aburriendo...

—No, no.

—Hay un vacío en mi vida —siguió Jake—. Un sitio que no se puede llenar con dinero. Y cuando volví a verte... cuando me enteré de la existencia de Daniel...

—Yo no soy la misma chica que hace trece años.

—Te lo he preguntado antes, pero necesito saberlo. ¿Era verdad lo que me dijiste ese día, que no me querías lo suficiente?

Shaine sonrió.

—Habíamos planeado compartir apartamento en Manhattan, ¿te acuerdas? Yo iba a terminar mis estudios de arte y mis padres no pusieron ninguna pega porque confiaban en ti.

—Pero no viniste conmigo.

—Había una razón para eso —suspiró ella—. Pero entonces no podía contártela. Prometí que no lo haría. Aunque habría dado igual.

—Quiero que me lo cuentes, Shaine.

—¿Te acuerdas de aquel día?

—No se me ha olvidado un solo detalle.

—Intentaste hacerme cambiar de opinión... me suplicaste incluso. La verdad es que yo estaba tan desesperada por ampliar mis horizontes como tú.

—¿Cuál era la razón, Shaine?

—El doctor McGillivray —contestó ella—. Supongo que no habrás olvidado que todos los años, en el aniversario de la muerte de su mujer, el doctor McGillivray se emborracha. La gente del pueblo sabe que es un médico estupendo... 364 días al año. Pero si se ponen enfermos precisamente ese día, van al consultorio de Corner Brook.

—Anoche me pareció que me miraba de una forma rara.

Shaine dejó escapar un suspiro.

—Yo siempre le visito el día del aniversario porque me da pena. Ese año fui a verlo el día antes de venir a la isla... y me contó que mi madre tenía cáncer. Ella no lo sabía, pero tenía que operarse urgentemente. Después de contármelo se dio cuenta de que había hablado de más y me hizo jurar que no le diría nada a nadie hasta que el diagnóstico estuviera confirmado. Eso es todo, Jake. No podía marcharme de Cranberry Cove sabiendo que mi madre podría tener cáncer, que podría morir.

Jake se quedó inmóvil. De todas las razones que había conjurado en su mente durante esos trece años, jamás se le habría ocurrido que sería algo así.

—¿Y por eso hemos perdido trece años?

—Tú eres un hombre decente, Jake. Si hubieras sabido lo de mi madre, te habrías quedado en Cranberry Cove. No podía decírtelo. Tu destino no estaba aquí, yo lo sabía mejor que nadie. Te habrías vuelto loco... Peor, habrías terminado odiándome.

—Terminé odiándote de todas formas.

Shaine parpadeó.

—Ese día, mientras veníamos hacia aquí en el barco, decidí decirte que no te amaba lo suficiente como para irme contigo. Así te marcharías a Nueva York sin mí.

—Entonces, me querías —dijo Jake—. Mentiste para que me fuera.

—Éramos tan jóvenes... y yo era muy ingenua. ¿Qué

sabíamos nosotros del amor? Sólo los poemas que habíamos leído en el colegio, las canciones... Estábamos enamorados del amor, Jake.

–Habla por ti misma –replicó él–. Yo te quería con todo mi corazón. Era joven, sí, y tenía tan poca experiencia como tú. Pero sabía que eras la mujer de mi vida.

–Sí, seguro. Si yo era tan importante para ti, ¿por qué no me escribiste, por qué nunca me llamaste por teléfono?

–¿Es que no lo entiendes? ¡Por eso precisamente no quería hablar contigo! No podía soportarlo. No me querías, eso es lo que dijiste. Así que salí corriendo de Cranberry Cove y pasé mucho tiempo intentando olvidarte. Entonces sólo tenía veintidós años y te había entregado mi corazón...

–Ni siquiera me dijiste adiós.

–No podía hacerlo. Me fui a casa, hice la maleta y me marché.

Shaine se restregaba las manos, nerviosa.

–No estoy intentando justificarme, sólo te cuento lo que pasó. Cuando te dije que no iría contigo, jamás pensé que desaparecerías de mi vida. ¡Éramos amigos! ¿Eso no significaba nada para ti?

–¿Cómo podía separar el amor de la amistad? Desde mi perspectiva, me habías rechazado... mi amor, mi amistad, todo. ¿Qué iba a hacer, escribirte contándote qué tiempo hacía en Nueva York?.

–Bueno, ya da igual –dijo Shaine entonces–. Mi madre tenía un tumor benigno y salió bien de la operación. Pero después murió con mi padre en aquel estúpido accidente. Si me hubiera ido contigo a Nueva York, habría tenido que volver para cuidar de mis hermanos. ¿Habrías vuelto conmigo, Jake?

–Sí. Porque te quería.

–¿Lo ves? Entonce hice bien mintiéndote.

–Tú tomaste la decisión por los dos, ¿cree que tenías derecho?

–No –contestó ella–. Hice lo que me pareció mejor.

–Para ti, quizá. ¿Y Daniel? ¿Y yo? Aparezco trece años después y mi propio hijo no me soporta.

–Te aceptará, con el tiempo –insistió ella–. La paciencia nunca ha sido tu punto fuerte.

–Ni el tuyo. Y no discutas.

–Pase lo que pase, no debemos discutir por Daniel.

–No lo haremos –suspiró Jake.

–Tú fuiste mi único amigo de verdad –dijo Shaine entonces–. Me gustaría que volviéramos a ser amigos.

–¿Amigos que quieren acostarse juntos? Ése fue el error la primera vez.

–Te enamoraste de mí... ése fue el error.

–¿Por qué hiciste el amor conmigo, Shaine? –preguntó Jake.

–Hice el amor contigo porque quería hacerlo. Quería hacerlo desde... desde siempre.

–O sea, que me deseabas. Aunque no me quisieras –dijo él, amargamente.

–¿Por qué tienes que analizarlo todo?

–Soy matemático... lo analizo todo.

–¿Intentarás llevarte a Daniel usando tu dinero? –preguntó Shaine entonces, con una candidez que lo conmovió.

–Ya te he dicho que no.

–Te he visto con Daniel... sé que te duele que se porte así contigo. Y sé que sientes un gran afecto por mí.

Jake decidió entonces decirle la verdad.

–¿Afecto? Hacer el amor contigo... nada en mi vida ha sido igual de hermoso, Shaine.

Ella había visto las fotos en las revistas; las modelos, las mujeres elegantes con las que salía, con sus diamantes, sus vestidos de diseño. Sin embargo, Jake decía que sólo ella, Shaine O'Sullivan, de Cranberry Cove, lo había hecho feliz.

–No me crees, ¿verdad?

–No sé qué creer.

No lo creía. No creía en su amor. La historia se repetía entonces. ¿Estaba en peligro de perder su corazón por segunda vez?

–Vamos a la playa. Hay muchas moras por allí.

Pero cuando Jake se inclinó para tomar la cesta, Shaine se inclinó también. Sus manos se rozaron y eso fue suficiente. Con un gemido ronco, desesperado, cayó sobre ella y la besó en los labios.

Los suaves pechos aplastados bajo su torso, los ojos brillantes. Igual que entonces. Jake estaba ardiendo. Habría sido muy fácil perder el control, pero no quería hacerlo. Entonces se apoyó en un codo, mirándola como si la viera por primera vez.

–Cada vez que te veo, tu belleza me confunde.

De repente, los ojos de Shaine se llenaron de lágrimas.

–Cuando me miras así, no puedo respirar –murmuró, tomando su cara entre las manos para besarlo, como había hecho aquella primera vez en la isla. Jake intentó contenerse, pero no era capaz. Empezó a acariciar sus pechos por encima de la camisa y Shaine se arqueó hacia él, con los ojos oscurecidos de deseo. Y dejó escapar un gemido de placer cuando él apartó las braguitas para acariciarla entre las piernas. Era como si lo hubiera esperado, como si lo hubiera estado esperando desde siempre.

Estaba húmeda y excitada como aquella vez. Jake miró entonces la tormenta que había en sus ojos, sin dejar de acariciarla y, con hipnótica certeza, la llevó hasta el final.

Jadeando y suya. Sólo suya.

–Te quiero dentro de mí. Ahora, Jake...

Él estaba deseando sentirse aprisionado de la forma más primitiva, pero...

–No podemos –murmuró–. No llevo nada. Y seguro que tú tampoco.

–No, no llevo nada.

–No podemos arriesgarnos otra vez. Ése es un riesgo que no estoy dispuesto a asumir.

–Yo ni siquiera había pensado en eso... debo estar loca. ¿Qué tienes, Jake Reilly? Normalmente, soy sensata con estas cosas.

Él pasó del éxtasis a la realidad.

–¿Eres sensata con todos tus amantes?

–¿No los has visto, haciendo cola en la puerta de mi casa? –rió Shaine–. Por favor, Jake.

–¿De verdad has seguido sola todos estos años?

–Sí.

–¿Por qué? Y no hagas ninguna broma.

–Estoy demasiado frustrada como para hacer bromas. Mi vida sexual, o más bien mi falta de ella, es asunto mío.

De modo que seguía guardando secretos.

–No he traído preservativos a propósito –dijo Jake entonces–. Es demasiado pronto para eso. Sí, es verdad, con un solo beso nos ponemos como locos. ¿Y qué?

–Me siento halagada –bromeó Shaine.

–Esta vez, creo que estoy haciendo lo mejor para los dos.

Ella se atusó el pelo, con dedos temblorosos.

–Ponte la camiseta, Jake. Porque como soy una idiota, sigo deseando hacer el amor contigo.

–¿Es mi turno de sentirme halagado?

–Moras –dijo Shaine entonces, decidida–. Venga, vamos a llenar una cesta antes de irnos.

De modo que bajaron a la playa y buscaron moras y frutos del bosque como cuando eran críos. Pero para Jake la tarea era mecánica. Su cabeza estaba en otro sitio. Se alegró de llenar la cesta y volver al Gertrude. Estaba enfadado consigo mismo, con Shaine, con la vida.

Cuando llegaron a tierra, la acompañó a casa, pero no aceptó la invitación de tomar un café. Había tenido suficientes emociones por un día, de modo que volvió al hotel y decidió ver una película en televisión.

Shaine nunca lo había querido de verdad y su hijo no lo soportaba. Para ser un hombre que tenía millones en el banco, no le iba muy bien.

El lunes a las dos de la tarde, Jake llegó a la consulta del doctor McGillivray y vio a Shaine alejándose por el camino rodeado de petunias. No lo había visto. Y no tenía que preguntar qué hacía ella allí. Durante 364 días al año, el doctor McGillivray era una tumba. Pero aquel día...

–Jake –lo saludó el hombre, estrechando su mano–. ¿Esta visita es personal o profesional?

–Personal –contestó él, mirando una fotografía de su esposa–. Nunca ha querido a otra mujer, ¿verdad?

–No. Y nunca lo haré.

–Sé lo que pasó hace trece años. Sé lo de la madre de Shaine. ¿Usted cree que ella me quería entonces?

–Se acostó contigo, ¿no? Supongo que ésa es la prueba.

–Venga, doctor McGillivray...

–¿Sigues enamorado de ella?

–Si pudiera responder a eso, seguramente no estaría aquí.

El médico empezó a jugar con el estetoscopio.

–Te adoraba. Te ha querido desde que era una niña.

–¿Seguía queriéndome a los dieciocho años?

–¿Tú qué crees?

–No quiero parecer engreído, pero yo diría que sí. Sin embargo, ella dice que no estábamos enamorados de verdad, que éramos unos críos.

–Siento mucho haberle contado lo que le conté –suspiró el hombre–. Fue un error que, sin saberlo, cambió tu vida. Pero de todas formas habría vuelto a Cranberry Cove para cuidar de sus hermanos... y siendo como eres, tú habrías vuelto con ella. Te habría destrozado volver al pueblo. Nunca fue suficientemente grande para ti. Habrías acabado odiándola, a ella y a sus hermanos y quizá incluso a tu propio hijo.

–Daniel apenas me dirige la palabra.

–Daniel lleva buscándote toda la vida. Pero es testarudo como su abuelo y no va a admitir que te necesita.

–¿Quiere que me crea eso?

–Si no me crees, estás perdiendo tu tiempo y el mío.

–¿Cuándo va a dejar de ser médico de familia para dedicarse a la sicología? –bromeó Jake.

–¿Crees que hay alguna diferencia? Mira, Jake... A Shaine le encantaría marcharse de aquí, pero no puede hacerlo por su hijo. O eso cree ella. ¿Por qué no lo piensas? Tú eres un chico listo. Si has ganado millones de dólares, supongo que podrás encontrar la forma de sacar a Shaine y a Daniel de Cranberry Cove. Bueno, y ahora vete... tengo cosas que hacer. Buena suerte.

Jake, que podía aterrorizar al director de una multinacional con una sola mirada, salió de la casa, pensativo. ¿No le estaba aconsejando el doctor McGillivray que usara la cabeza, que se dejase de tonterías y pensara en una solución práctica? Pues eso iba a hacer.

Fue a buscar a Shaine a la tienda, pero Jenny le dijo que estaba en casa, de modo que allá fue. No estaba dispuesto a perder un solo segundo.

–Hola, Shaine.

Ella estaba inclinada sobre su mesa de trabajo, con un martillo en la mano.

–¿Qué haces?

–Trabajar.

–Sigue, sigue. No quiero molestarte.

–Estás en tu casa.

–No te pongas sarcástica. ¿Para qué son esos clavos?

–Para sostener los paneles de vidrio –contestó ella, sin mirarlo–. Daniel tiene entrenamiento a las cinco.

–Podríamos ir juntos. ¿Cómo está Padric?

–Volviendo loco a todo el mundo. Por cierto, hoy me han preguntado tres veces cuándo me caso.

–¿Y tú que has dicho?

–Que no me lo habías pedido.

–¿Quieres casarte conmigo, Shaine?

–No.

–¿Por qué?

–Porque tengo un hijo. ¿O se te había olvidado? Vivo en Cranberry Cove, donde Daniel juega al hockey y va al colegio. No en Nueva York o en París.

–¿Te gustaría vivir en Nueva York?

Ella dejó el martillo y se quedó mirándolo.

–Te diré esto una sola vez: daría todo lo que tengo por vivir en Nueva York... o en cualquier otro sitio. Pero no será posible hasta que Daniel cumpla los dieciocho años, así que es absurdo hablar de ello.

–¿Qué harías en Nueva York, por ejemplo?

–¿Lo dices en serio? Estudiar, ir a museos, a exposiciones, aprender técnicas de vidriera antigua, visitar a otros artistas, hablar con gente que entienda mi trabajo, arriesgarme, crecer.

Le temblaba la voz por la fuerza de sus sentimientos.

–Muchos niños viven en Nueva York y en París –dijo Jake.

–Daniel ha vivido aquí toda su vida. Sus amigos viven aquí, sus tíos, su equipo de hockey. No puedo arrancarlo de Cranberry Cove por egoísmo. Es que estoy tan cansada de esperar... Pero si le dices una palabra de esto a Daniel, te cortaré en pedacitos y haré un mosaico.

De modo que el doctor McGillivray había tenido razón, pensó Jake. Shaine estaba desesperada por marcharse de Cranberry Cove y no podía hacerlo... por Daniel. ¿Podría él hacer algo?

Tenía la impresión de que sí.

Capítulo 8

A TRAVÉS de la puerta del estudio, que Jake había dejado abierta, les llegó un sonido musical.

—El timbre. Vuelvo enseguida —suspiró Shaine.

Jake la siguió. Había un hombre en la puerta. Llevaba un pantalón gris bien planchado y una chaqueta azul marino con un pañuelo en el bolsillo. Era un hombre atractivo, bien peinado, con buenos dientes. Jake no se sorprendió cuando Shaine exclamó:

—¡Cameron! ¿Qué haces aquí? Entra, por favor.

Él le dio un beso en la mejilla.

—Estaba en St. John, en una galería de arte, y decidí venir a verte. Tengo buenas noticias para ti.

Cuando Shaine cerró la puerta, Jake se escondió entre las sombras del pasillo. St John estaba a doscientos kilómetros de Cranberry Cove, no precisamente a la vuelta de la esquina.

—¿Tienes noticias sobre el concurso?

—Tu vidriera ha sido aceptada.

—¿En serio? Qué alegría —exclamó Shaine, dando saltitos—. No sé cómo darte las gracias, de verdad. Pero ahora tendré que esperar dos meses hasta que decidan los jueces... eso es una eternidad.

—Yo creo que tienes muchas oportunidades. La vidriera es una maravilla —sonrió Cameron.

Aquel hombre estaba loco por ella, pensó Jake, saliendo de su escondite.

–¿Por qué no me presentas a tu amigo, Shaine?

Si esperaba desconcertarla, se equivocó.

–Cameron, te presento a Jake Reilly. Te lo diré ahora porque lo sabe todo el mundo: Jake es el padre de Daniel. Ha venido de Nueva York.

Jake estrechó la mano del hombre.

–Encantado de conocerlo. Me alegro de que se haya preocupado tanto por el trabajo de Shaine... es muy buena, ¿verdad? Y tenerla entre sus clientes no le vendrá nada mal, claro.

–Shaine y yo nos conocemos hace años. Somos buenos amigos, señor Reilly.

–Sí, ya. Me alegro. Shaine necesita un poco de contacto con el mundo exterior.

Ella lo fulminó con la mirada, antes de volverse hacia Cameron.

–¿Cuánto tiempo piensas quedarte?

–Hasta mañana. Por la tarde tengo que ir a Toronto.

–Muy bien, te prepararé la habitación de invitados. Pero tengo que ir al partido de hockey más tarde, es una semifinal y le prometí a Daniel que iría. A ti no te gusta el hockey, ¿verdad?

–Me encantaría ir contigo –dijo él, galantemente.

–Estupendo. Voy a hacer un té de hierbas, ¿te parece? Mientras tanto, puedes ir por tus cosas.

Obedientemente, Cameron salió a buscar su maleta.

–¿Cómo te atreves a insultarlo, Jake? –le espetó Shaine en voz baja.

–Él no es hombre para ti y no lo será nunca.

–¿Por qué no dejas que yo decida eso? Cameron es un hombre estupendo y me ha apoyado siempre. Eso es más de lo que tú has hecho.

–Pero no te excita, no te altera las hormonas.

–En la vida hay otras cosas, además del sexo.

–Baja la voz. No querrás asustar al bueno de Cameron –dijo Jake, robándole un beso–. Adiós. Nos vemos en el partido.

Y luego desapareció, despidiéndose con la mano. Shaine se sintió catapultada al pasado, al último año de instituto. Jake había marcado un gol en los diez últimos segundos contra el equipo rival y la gente se volvió loca. Y cuando se acercó a las gradas para darle un beso en la mejilla, las otras chicas la miraron con respeto. Había vivido con el recuerdo de aquel beso mientras él estaba en la universidad...

–¿Shaine?

–Ah, perdona, Cameron.

No había ningún riesgo en invitar a Cameron a pasar la noche en su casa. Porque sus hormonas estaban perfectamente tranquilas.

Jake llegó temprano a la pista de hockey, pero no vio a Daniel. ¿Al chico le caería bien Cameron?

Sí vio a Shaine. Llevaba un jersey de lana y unas botitas brillantes. Parecía una cría. Podría haberle hecho el amor allí mismo.

–¿Dónde está Cameron?

–Tenía que llamar a su madre. Vendrá enseguida.

–¿Vas a acostarte con él?

–Sí, claro, vamos a hacer una orgía –replicó ella, irónica.

–No hay química entre vosotros...

–¡Estás celoso! –exclamó Shaine.

–Desde luego que sí.

–No tanto como lo estuve yo de Kimberly-Anne Standish cuando saliste con ella. Era rubia y llena de curvas mientras yo era lisa como una tabla y con este pelo rojo...

—Nunca besé a Kimberly-Anne. Yo le gustaba sólo porque era una estrella del hockey —sonrió Jake—. ¿Sentiste celos de Marilee, la mujer con la que me viste en la revista?

—¡Claro que no!

—Tampoco la besé. Estaba demasiado interesada en gastarse mi dinero.

—Ah, ya. Oye, Jake, deja a Cameron en paz... es un buen amigo. Me ha llevado a galerías en Toronto, me ha prestado libros de arte que yo no podía comprar y ha vendido mis vidrieras por todo el país.

—Y se ha enamorado de ti.

—Eso no es culpa mía, no le he animado nunca.

Jake la creyó. Pero tenía que seguir adelante con su plan.

—La otra vez que estuve aquí me fijé en los patines de Daniel. Debería tener unos mejores, de última tecnología.

Shaine levantó la cabeza, orgullosa.

—No puedo comprarle unos más caros.

—Pero yo sí. Si me das su número de pie...

—Le gustan sus patines.

—Pero también le gustarán los que yo le compre. A lo mejor lo invito a ir conmigo a Nueva York para comprarlos juntos...

—No iría contigo.

—Si tú vinieras, él vendría también. Cameron te presta libros, pero yo puedo llevarte a Barcelona, a Praga y a Bangkok. Te llevaré a una selva tropical, a los atolones del Pacífico, a la gran barrera de coral... a ver cactus en el desierto de Arizona, mariposas monarca en México... sus alas tienen los colores del arco iris.

–No seas cruel, Jake. Sabes que no puedo ir contigo, no me atormentes así. Oh, no, aquí llega Cameron.

–No hemos terminado con esto, Shaine –dijo él en voz baja.

De alguna forma, tenía que sacar a Shaine y a Daniel de Cranberry Cove. Lo que pudiera pasar después... no tenía ni idea.

La superficie helada de la pista brillaba como el cristal. Los equipos salieron para calentarse y el partido empezó poco después. Cameron, con su chaqueta azul marino, hacía lo imposible para no parecer aburrido. Daniel jugaba sin preocuparse por su propia seguridad, pero siempre para el equipo, no para lucirse.

Quizá Shaine tenía razón, y aquél era su sitio. Quizá no estaría bien ampliar sus horizontes y hacer que se sintiera insatisfecho con su propia vida. Que él arriesgase dinero en Bolsa era una cosa, arriesgar la felicidad de su hijo, otra muy diferente.

¿Cuándo había tenido tantas dudas sobre algo?, se preguntó.

Cuando acabó el primer tiempo, los dos equipos estaban empatados. A mitad del segundo tiempo, seguían igual. Entonces, en una fiera pelea por el disco detrás de la portería, Daniel salió despedido y quedó tirado sobre la pista, encogido de dolor.

A Jake se le paró el corazón. Asustado como no lo había estado nunca, saltó a la pista y se arrodilló delante de su hijo.

–Daniel, ¿te has hecho daño?

–Ha sido un golpe sin importancia –dijo el árbitro, quitándole importancia–. Estará bien en cinco minutos.

–¿Seguro?–preguntó Jake, con voz ronca.

–Pasa todos los días. Venga, Jake, tú has pasado por esto muchas veces.

Cierto. Pero siendo su hijo era diferente. Entonces Daniel abrió los ojos e intentó apartarse.

–Déjame en paz. No te necesito.

Como si le hubieran clavado un puñal en el corazón, Jake se levantó. Iba resbalando por el hielo, mareado, mientras buscaba su sitio en las gradas. A lo lejos, como si se tratara de una película, vio que los compañeros ayudaban a Daniel a levantarse y que el entrenador lo sustituía por otro chico.

–Jake –lo llamó Shaine, apretando su brazo–. Ya se le pasará. Tienes que darle tiempo.

Estaba soltando clichés cuando lo único que él deseaba era marcharse de allí. Volver a Nueva York para lamer sus heridas en privado.

¿Como había hecho trece años antes? ¿No había aprendido nada?

–Te equivocas, pero gracias por intentarlo. Será mejor que vuelvas con Cameron.

–¿Por qué no le preguntas a Daniel si quiere ir contigo a Nueva York? Tarde o temprano tendrá que ver cómo y dónde vives.

La generosidad de la oferta, tan inesperada, dejó a Jake sorprendido.

–Pero tienes miedo de que se sienta deslumbrado por mi forma de vida... Sólo tiene doce años, sería normal.

–Tengo que confiar en él, ¿no? Confiar en los valores que le he inculcado durante todos estos años. Y tengo que confiar en ti también.

Emocionado, Jake asintió.

–Ahora entiendo que me gustases tanto. Eres muy valiente, Shaine. Y muy honesta.

–No soy siempre honesta y tengo miedo. Pero has vuelto a Cranberry Cove y tenemos que solucionar esto... las cosas cambian.

Él también tenía miedo. Miedo de que Daniel no quisiera ir con él a Nueva York.

–Gracias.

–Al menos, con Cameron aquí, en la última media hora nadie me ha preguntado cuándo voy a casarme contigo.

–Ahora que me has dado calabazas tendrás que inventar una nueva respuesta.

Shaine soltó una risita.

–Si hubiera dicho que sí, estarías al otro lado del planeta ahora mismo.

–Probemos.

Ella sonrió.

–No te pases, Jake Reilly. Cameron podría empezar a gustarme.

–Me asustas –dijo él.

Después del partido, Jake fue a casa de Tom Bank para tomar un té con bollos y luego volvió al hotel. Donde, de nuevo, soñó con Shaine.

No volvió al pueblo hasta que Cameron se marchó. A las siete de la tarde del día siguiente, detenía el coche frente a la casa de Shaine. Si Daniel estaba allí, le pediría que fuera con él a Nueva York. Tenía que dar el primer paso.

Pero cuando levantaba la mano para llamar a la puerta, oyó voces en el interior:

–Tenemos que hablar, Daniel. Jake no va a marcharse sólo porque tú quieras.

–Dijiste que sólo se quedaría una semana.

–Pero volverá. Estoy casi segura.

«Casi». De modo que no confiaba en él del todo.

–Yo no lo creo –dijo Daniel.

–Jake es tu padre, cariño. Tarde o temprano tendrás que aceptarlo. Sé que han pasado muchos años... pero eso es en parte culpa mía.

–¡Se marchó y te dejó sola!

–Sí, es verdad. Pero Jake no sabía que yo estaba embarazada. Cuando me enteré, debería haberme puesto en contacto con él y no lo hice. Estaba demasiado dolida, supongo, porque no me había escrito. Pero debería haberlo llamado. Os he robado muchos años a los dos por ser tan testaruda.

Jake se relajó un poco. Shaine admitía su error y debía admirarla por ello.

–¿Vas a casarte con Cameron? –preguntó Daniel entonces.

–No.

–Entonces, ¿vas a casarte con mi padre?

–Eres la sexta persona que me pregunta eso desde ayer –suspiró ella.

–Los chicos del colegio están haciendo apuestas.

–Oh, cariño, lo siento... en este maldito pueblo todo el mundo se entera de todo. No puedo casarme con Jake, Daniel. Han pasado trece años... ahora soy una persona diferente. Sólo tenía dieciocho cuando Jake se marchó de aquí y ahora tengo treinta y uno.

–Sí, claro, eres muy vieja –rió el chico.

–Anda, cállate. Bueno, el caso es que mi hogar está aquí. Jake viaja continuamente y... no nos queremos. Es imposible. Pero hay algo que no ha cambiado, que te quiero mucho, hijo.

–Yo también –murmuró Daniel.

«Jake y yo no nos queremos».

La última persona a la que Jake deseaba ver en ese momento era a Shaine O'Sullivan. De modo que volvió al hotel, vio una película y se fue a la cama.

Despertó temprano a la mañana siguiente y, después de hacer varias llamadas y redactar unos informes en el ordenador, fue a Cranberry Cove. Había elegido bien la hora: Daniel estaba saliendo del colegio. Llevaba una camiseta y unos vaqueros caídos, como todos los chicos de su edad.

–¿Puedo llevarte a casa? –preguntó Jake, deteniendo el coche a su lado.

Daniel tiró de la cinturilla del pantalón, incómodo.

–Bueno.

Pero cuando llegaron a casa y el chico iba a salir del coche, Jake lo detuvo.

–Espera un momento. Quiero preguntarte una cosa.

–¿Qué?

–Dentro de poco hay un puente muy largo. Podríamos aprovechar esa semana... Me gustaría que tu madre y tú vinierais conmigo a las islas Canarias. Allí hay unas vidrieras preciosas que a ella le gustarían mucho. También podríamos hacer surf. Luego iríamos a Nueva York un par de días... tengo un abono para los partidos de la liga de hockey y podrías entrenar con uno de los mejores equipos de aficionados. También me gustaría comprarte unos patines nuevos... los mejores.

Daniel lo miraba, atónito. Pero cuando mencionó los patines, abrió la puerta del coche.

–Me gustan mis patines. Mi madre no se ha comprado zapatos este año para que pudiera tener patines nuevos.

Jake golpeó el volante con la mano, furioso.

–Estoy haciendo esto fatal. No intento comprarte con un par de patines, Daniel. Pero es absurdo esconder que tengo mucho dinero. Sólo quiero que veas mi casa, cómo vivo. Así, a lo mejor, podrías ir a verme después... y quedarte conmigo unos días.

–¿Podríamos ir a ver partidos de hockey? –preguntó Daniel.

–Claro.

–Nunca he hecho surf.

–Yo podría enseñarte. Es muy fácil. Además, tú eres un chico fuerte y con equilibrio, eso es lo más importante.

–Aprendí a esquiar en tres días.

–Entonces será pan comido.

–¿Mi madre ha dicho que iría?

–Aún no se lo he preguntado. Había pensado hablar contigo antes.

–Ahora está en la tienda.

–Entonces, ¿vendrás, Daniel?

–Las islas Canarias están muy lejos, ¿no?

–En Europa, en España. Pero a tu madre le gustaría mucho ver las vidrieras que tienen allí.

–Si ella dice que sí, yo también.

–¿Por qué no se lo preguntas? Yo vendré después de cenar para ver qué ha dicho.

–Muy bien.

–Hasta luego, Daniel.

Contento, Jake volvió a arrancar el coche. Al menos, no le había dicho que no.

Emily Bennett lo había invitado a cenar y, como postre, le ofreció un pastel de queso con arándanos. Jake se llevó una mano al estómago.

–Tendré que volver corriendo al hotel para bajar todas estas calorías –dijo, sonriendo–. Pero ha merecido la pena. Estaba delicioso.

–¿Te vas ya al hotel?

–Bueno, antes voy a pasar por la casa de Shaine. Espero que Daniel la haya convencido para pasar conmigo unas vacaciones.

–No juegues con sus sentimientos, Jake –dijo Emily entonces.

–¿Con los sentimientos de Shaine O'Sullivan? Ella no me deja, no te preocupes.

–Pues entonces te deseo mucha suerte.

Jake recordó esa frase cuando Shaine abrió la puerta, con expresión furiosa.

–Será mejor que entres. Así podré decirte cuatro cosas sin que nadie me oiga.

–¿Dónde está Daniel?

–Ha salido con sus amigos. Tenemos media hora. Y la respuesta es no. No pienso ir contigo a ningún sitio. Este viaje es para Daniel y para ti, yo no tengo nada que hacer.

–¿Qué ha dicho él?

–Ah, has hecho un buen trabajo –le espetó ella entonces–. Quiere que vaya con vosotros, claro. ¿Qué creías, que ibas a convencerme con una vidriera?

–En realidad, no es una vidriera, es todo un lucernario. Hecho por Pere Valldemosa, un artesano catalán. Es un trabajo espectacular. Y, al mismo tiempo, podemos nadar, hacer surf en un mar mucho más cálido que éste...

–Tengo que trabajar –protestó ella.

–Tienes a Jenny.

–Daniel tiene que ir al colegio.

–En las Canarias recibiría lecciones de historia y geografía que nunca recibiría en el colegio.

–¡No pienso acostarme contigo!

–Muy bien –dijo Jake.

–Aunque no pareces muy interesado.

–Estoy interesado –suspiró él–. Pero tienes razón, ahora mismo lo importante es Daniel. Por cierto, no quiere patines nuevos. Me ha contado que este año no te habías comprado zapatos para conseguirle esos patines. Así que no puedo comprarle con dinero. Lo has educado muy bien, Shaine O'Sullivan.

–Gracias. Por cierto, esta cocina es muy grande, no tienes que acercarte tanto.

–¿Te has puesto colorada? –sonrió Jake, acariciando sus labios con un dedo.

–Basándome en mi limitada experiencia, eres el hombre más sexy que he conocido nunca. ¿Cómo voy a esconder eso durante una semana y media?

–Eres una chica inteligente, ya se te ocurrirá algo.

–¡Tienes que prometer que jugarás limpio!

–¿Vendrás?

–Sólo si juras con sangre que me tratarás como si Maggie Stearns estuviera observándonos a cada paso.

Jake soltó una carcajada.

–Tus hormonas están más que alteradas.

–Y las tuyas parecen dormidas.

Él la atrapó entonces contra la encimera, dejando muy claro lo que le estaba pasando.

–No están dormidas. Di una sola palabra y soy todo tuyo.

–Te lo tomas todo a broma –protestó Shaine.

–Prometo no hacer nada que te avergüence o te ponga en aprietos. Quiero que lo pases bien. ¿Cuándo has ido de vacaciones por última vez?

Ella levantó una ceja.

–Devlin, Padric, Connor y Daniel comen como hienas. Por no hablar del colegio, el equipo de hockey, el dentista, la hipoteca, la tienda... Hace siglos que no voy de vacaciones.

El Ferrari solo podría pagar todo eso, pensó Jake.

–El viaje no será nada rimbombante. No iremos a Los Hampton ni haremos nada demasiado lujoso. No quiero restregarte mi dinero por la cara, Shaine.

–Pero tendrás que pagar el viaje y el hotel. Yo no puedo permitírmelo.

–Encantado –dijo Jake, acariciando su pelo.

Y Shaine, de nuevo, se encontró a sí misma derritiéndose como una vela.

–Acabo de aceptar algo que no debería haber aceptado.

–Mañana vuelvo a Nueva York. Te llamaré en cuanto lo tenga todo listo y nos encontraremos en el aeropuerto de Deer Lake, ¿te parece?

–Muy bien –suspiró ella.

Jake se sentía feliz. Feliz porque Daniel había aceptado ir con él de viaje. Y porque estaría con Shaine. No le había regalado diamantes ni abrigos de piel, era sólo un viaje, una forma de salir de la rutina.

Le estaba devolviendo algo a la mujer que tanto le había dado a su hijo.

Se sentía de maravilla. El dinero podía, en ocasiones, comprar la felicidad, decidió, mientras le daba un besito de despedida.

Shaine se acercó a la ventana para ver cómo se alejaba. Un cambio sería emocionante, pensó. Aunque le daba un poco de miedo. Había conseguido soportar esos trece años en Cranberry Cove siguiendo una rutina que le daba cierto control sobre su vida.

Ahora Jake estaba cambiando todo eso. ¿Y si aquel viaje la emocionaba tanto que ya no podía soportar el pueblo? Para él estaba bien, él podía volver a su vida. Pero ella tendría que volver a Cranberry Cove, a los partidos de hockey, a Maggie Stearns, a hacer faritos de cristal para los turistas.

Shaine se dejó caer en una silla. Jake Reilly era como una fuerza de la naturaleza, imposible detenerlo. No estaba enamorada de él. A pesar de lo que le había dicho, lo estuvo una vez, y había pagado duramente por ese error. Tanto que no quería admitir el amor que sintió por él.

Pero seguía fascinándola: su cuerpo, su inteligencia, esa seguridad, ese aura de poder...

Shaine dejó escapar un suspiro. Estaba segura de que no volvería a desaparecer después de haber conocido a Daniel. Confiaba en él. Pero cuando terminase el viaje, ya no la necesitaría. Jake podría invitar a Daniel a Nueva York, a Suiza, donde quisiera.

Entonces ella sería una extraña.

Y se quedaría sola, en el pueblo. Sola.

Pero, ¿cómo iba a desear que Jake no hubiera vuelto nunca a Cranberry Cove?

Estaba atrapada. Tocando la libertad con la mano, pero incapaz de volar. Estando con Jake, pero sin poder hacer el amor con él.

Afortunadamente, Jake Reilly no podía verla en aquel momento.

Capítulo 9

SHAINE estaba admirando el lucernario. Una gigantesca pirámide de cristal colocada sobre un marco de hierro forjado. Emocionada, se perdía en aquellos tonos dorados, rojos, azules, naranjas, verdes.

—Vamos a dar una vuelta, tu madre se quedará aquí un rato —sonrió Jake.

Habían llegado a Tenerife aquella mañana y, desde allí, fueron a la isla de Gran Canaria. El lucernario estaba en el auditorio de música. En los últimos años, Jake había ido a muchos conciertos de música clásica en aquel hermoso auditorio con vistas al mar.

Alguien estaba practicando en ese momento en una de las salas. Jake escuchó un rato, atento, las notas del violonchelo.

—Debo contarte un secreto, Daniel: me gusta ese tipo de música.

—¿En serio?

—Sí. Por su culpa me metí en muchas peleas cuando estaba en el colegio.

—Es un poco rara, ¿no?

—No es rap, no.

El chico soltó una carcajada. Había empezado a mostrarse más cómodo desde la primera clase de surf. Las olas lo habían revolcado, pero Daniel perseveró hasta colocarse de pie sobre la tabla.

Salieron del auditorio, encontraron un quiosco de helados y se sentaron bajo una palmera. Cuando volvieron a buscar a Shaine, ella estaba cerrando su cuaderno de dibujo.

–Maravilloso. Gracias por traernos aquí, Jake.

–De nada. Podríamos ir de compras, si te parece. Luego iremos a cenar y de vuelta a Tenerife.

–Suena estupendo –sonrió ella. Con un vestido de flores que dejaba sus hombros y gran parte de sus piernas al descubierto, parecía más relajada que nunca. Jake deseaba besarla con tal urgencia que tuvo que apartar la mirada. Hacía lo imposible por tratarla como si fueran amigos, pero no era fácil.

Mientras paseaban por la calle Mayor, con sus fachadas de piedra ornamentada, Shaine se detuvo para elegir unas gafas de sol. Y Daniel tiró de su manga.

–Quiero comprarle un regalo a mi madre, pero no tengo mucho dinero –dijo en voz baja.

–Iremos a un mercadillo en Tenerife. Allí encontrarás algo. ¿Tienes hambre?

Su hijo, descubrió Jake, siempre tenía hambre. Encontraron una terraza y comieron gambas y gofio con una salsa muy picante llamada mojo. Daniel y Shaine tomaron plátanos braseados de postre.

–Vamos a la playa –dijo el chico después.

–Necesito echarme la siesta –protestó Shaine–. Es una costumbre estupenda.

–No, tenemos que ir a nadar.

La playa del inglés era ruidosa y estaba llena de gente. A Daniel, por supuesto, le encantó. Jake alquiló una tabla de surf para él y se tumbó en la toalla.

Shaine se había comprado un biquini minimalista porque el bañador que llevaba le pareció demasiado antiguo, pero era un poco remilgada y jamás se pondría en top less como hacían las europeas. Daniel, cortado, las miraba de reojo. Jake, con sus impecables maneras, ni siquiera les prestaba atención.

Había sido ella quien insistió en que fueran unas vacaciones platónicas. Entonces, ¿cómo iba a quejarse de que, durante esos días, Jake se portara como uno de sus hermanos?

Shaine dejó escapar un suspiro.

Jake la miró. El sol empezaba a tostar su piel y el escote del biquini le volvía loco.

—Voy a alquilar una tabla de surf... ¿te importa quedarte sola un rato?

—No, estoy bien —contestó ella, con una sonrisa. Pero tuvo que apartar la mirada cuando lo vio alejarse, con aquellos músculos marcados bajo la piel morena. Enfadada consigo misma, enterró la cara en la toalla. No, no iba a dejar que sus hormonas descontroladas le arruinaran las vacaciones.

Cuando levantó la mirada, Jake estaba con Daniel en la orilla, dándole instrucciones. Le dolía algo por dentro al verlos juntos. Pero, ¿por qué? Debería estar contenta.

Sin embargo, después de aquellas asombrosas vacaciones, ¿cómo iba a conformarse con Cranberry Cove?

A la mañana siguiente, de vuelta en Tenerife, una familia norteamericana, con un chico de la edad de Daniel, se había instalado en el bungalow contiguo.

—Me llamo Ben Latimer. Ella es mi mujer, Andrea, y mi hijo, Jasper.

—Jake Reilly.

—Shaine y Daniel O'Sullivan —sonrió ella—. ¿Por

qué no venís con nosotros a desayunar? En el restaurante sirven unas tortillas deliciosas.

—Encantados —sonrió Andrea—. ¿Lleváis aquí mucho tiempo?

—Tres días. Es un sitio precioso, ¿verdad?

—Una maravilla. ¿Es la primera vez que vienes a las islas Canarias?

Su primera vez en cualquier sitio, pensó Shaine.

—¿Sabes hacer surf? —oyó que Jasper le preguntaba a Daniel.

—Sí, bueno... empecé a practicar hace un par de días. Pero aquí no hay mucho viento, como en la playa de Médano.

—¿Vamos después de desayunar?

—¡Claro!

Ben y Andrea parecían creer que eran un matrimonio y Jake no los sacó de su error.

¿Cómo sería estar casado con Shaine?

Shaine en su cama cada noche...

—Me alegro de que los chicos se lleven bien —sonrió ella.

—Y yo. El pobre Jasper se aburre un poco con nosotros —suspiró Andrea.

Shaine, sin saber por qué, les dio a entender que Jake pasaba la mitad del año en Terranova y el resto del tiempo viajando de un lado a otro. Y Jake no le llevó la contraria. Quizá era una buena señal, pensó.

Al día siguiente fueron a Pico del Teide, el parque volcánico en el centro de la isla. Shaine se quedó enamorada de los cráteres de las Cañadas.

—Estoy deseando volver a mi estudio. Jake, esto es precioso.

La mayoría de las mujeres con las que había salido le hacían ver que no se sentían impresionadas por nada, pero ella era diferente. Ella sentía pasión por la vida.

–Eres un cielo –dijo, acariciando su mejilla–. Me gustas.

Y le daba igual que Andrea, Ben, Jasper o Daniel lo oyeran.

–Este viaje... nunca me habían hecho un regalo igual.

¿Se acostumbraría a su dinero, lo daría por sentado, como otras mujeres? No lo creía. Las raíces de Shaine estaban en Cranberry Cove.

–Verte feliz me hace sentir... ni siquiera sé explicar lo que me hace sentir.

–Venga, Jake, dilo, tú también estás contento.

Lo estaba. No se habría cambiado por nadie.

–Será mejor que vayamos con los otros.

–Sí, mejor.

–Los Latimer ayudan, ¿no? –rió Jake entonces–. Así no podemos tocarnos.

–Ya tengo tres hermanos. No necesito uno más.

–¿Qué necesitas, Shaine?

Ella se puso colorada.

–No pienso decírtelo –rió, corriendo hacia los otros.

Durante los días siguientes, nadaron, comieron pescado fresco, visitaron unos viñedos y vieron los pintorescos pueblos del norte de la costa. Naranjos, balcones de madera, iglesias antiguas... Shaine lo admiraba y lo fotografiaba todo. Era feliz. Y Jake también.

Antes de que terminasen las vacaciones se acostaría con ella, pensó. Si no era así, se volvería loco.

Esa noche, cuando volvieron al bungalow, Shaine le echó los brazos al cuello.

–¡Lo he pasado tan bien estos días!

Daniel estaba mirándolos.

–Me alegro –dijo Jake, besándola en la mejilla con fraternal propiedad.

Salieron del aeropuerto de Gando al día siguiente y durmieron durante el vuelo. Una limusina fue a buscarlos al aeropuerto Kennedy para llevarlos a su dúplex frente a Central Park, con sus altísimos techos, sus caras alfombras y sus bien elegidas obras de arte. Shaine se quedó impresionada, pero no dijo nada.

Esa noche, pizza y una película. Al día siguiente, visitas a los lugares turísticos. Daniel y Jake se fueron luego a un entrenamiento de hockey. Shaine se quedó en casa y decidió ir de compras. Tenía dos cosas en mente: la primera era fácil, recoger un paquete que había encargado el día anterior. Pero la segunda... las tres primeras tiendas que visitó tenían unos precios increíbles. Pero en la cuarta, una pequeña boutique, encontró algo más asequible. La dependienta era una mujer mayor, tan elegante que daba un poco de respeto.

–¿Qué desea, señora?

–Quiero un camisón que haga que un hombre deje de verme como a una hermana –dijo Shaine de un tirón. Al fin y al cabo, no iba a volver a verla en su vida, pensó.

La mujer la miró de arriba abajo, apreciativa.

–Ese hombre debe ser ciego. Espere un momento.

–Me gustaría decir que puedo pagar lo que sea, pero...

–No se preocupe. ¿Por qué no se prueba éstos?

Camisones transparentes, reveladores, pecaminosos. Shaine se los probó todos. Al final, se decidió por uno de satén color perla que se pegaba como una segunda piel. Sugerir era más sexy que mostrar, se dijo. Si aquel camisón no hacía que Jake dejara de portarse como Devlin, nada lo haría.

Quería, por una vez, romper su autoimpuesto celibato. Había visitado al doctor McGillivray, de modo que estaba protegida contra otro embarazo, y quizá hacer el amor con Jake rompería el hechizo en el que parecía envuelta.

Shaine volvió al dúplex y escondió la bolsa en el dormitorio, pero dejó el otro paquete sobre una estantería.

Cuando Jake y Daniel llegaron, su hijo estaba empapado de sudor y loco de emoción.

—Mamá, deberías haberme visto. El entrenador me ha enseñado a llegar a la red sin que me toquen. Y ha dicho que si vuelvo por Nueva York puedo ir a entrenar cuando quiera porque soy un jugador estupendo —sonrió su hijo, encantado—. ¿Hay Coca-Cola en la nevera?

—Sí, claro —contestó Jake.

—Gracias, Jake —dijo Daniel entonces—. Ha sido... la bomba.

—De nada —sonrió él, con un nudo en la garganta. Algún día, quizá lo llamaría «papá». Pero, por el momento, era imposible.

Daniel salió corriendo a la cocina y luego corriendo al cuarto de baño para darse una ducha.

—¿Los adolescentes van andando a algún sitio? —sonrió Shaine.

—Tú lo has criado, deberías saberlo.

—Era una pregunta retórica —dijo ella, tomando el paquete—. Tengo una cosa para ti, Jake. No sé cómo darte las gracias por este viaje, pero he pensado que esto te gustaría.

Él tomó el paquete, sorprendido. ¿Cuándo fue la última vez que una mujer le hizo un regalo? Desde que ganó su primer millón, era él quien hacía regalos.

–Yo también quería comprarte un regalo, pero no sabía... no quería que te sintieras en deuda conmigo.

–Nos has dado mucho más de lo que esperaba –sonrió Shaine–. Más de lo que yo puedo pagarte.

Jake era un hombre acostumbrado a pensar rápido, a tomar decisiones, pero se quedó sin palabras.

–Lo he pasado muy bien esta semana –consiguió decir por fin–. Hacía siglos que no me sentía tan feliz, de verdad. Eso no se puede comprar con dinero y... en fin, soy yo el que está en deuda contigo.

–¿No eres feliz? –preguntó Shaine.

–He perdido muchas cosas.

–¿Qué has perdido, Jake?

«Mi corazón», pensó él.

–Ésta es una conversación que deberíamos mantener mientras cenamos a la luz de las velas –contestó, sonriendo–. ¿Quieres que abra mi regalo?

–Sí.

Era un marco de peltre con una fotografía de Daniel y Jake frente al bungalow, en Costa Adeje. Jake se quedó mirándola, como hipnotizado.

–¿No te gusta?

–No podrías haberme regalado nada mejor.

Con un nudo en la garganta, tomó su cara entre las manos y la besó como si fuera la única mujer en el mundo.

Pero entonces oyeron la puerta del baño y se apartaron a toda prisa.

–¿Nos ha visto?

Shaine negó con la cabeza.

–Tu madre me ha regalado esta foto, Daniel –dijo Jake cuando el chico entró en el salón–. La guardaré siempre.

Daniel miró la fotografía y luego al hombre que se la mostraba.

–Volvemos a casa mañana –dijo, con un tono indescifrable.

–Espero que vuelvas a Nueva York alguna vez. En Navidad quizá.

–En Navidad tengo una competición de hockey.

–Si queremos vernos, tendremos que buscar el momento.

–Te he comprado un regalo en Tenerife –dijo Daniel entonces–. Y otro para mi madre.

Salió corriendo por el pasillo y, cuando volvió al salón, llevaba dos paquetitos en la mano. El regalo de Shaine era un tapete de ganchillo.

–Sólo podía comprar uno. Pero quedará muy bonito en la mesa del comedor.

–Es precioso, hijo –murmuró Shaine, conmovida–. El ganchillo es un oficio tan antiguo como el de las vidrieras. Es un regalo muy europeo.

Cuando Jake abrió el suyo, comprobó que era una figura de madera, un hombre subido a una tabla de surf. Pero no podía emocionarse dos veces en cinco minutos, pensó.

–Es precioso –consiguió decir.

Y entonces hizo algo que había querido hacer durante toda la semana: abrazar a su hijo. Pero se apartó enseguida.

Luego colocó la figurita al lado de un Donatello de bronce y supo cuál de las dos obras de arte tenía más valor para él.

–Esta tarde iremos al Museo de Historia Natural. Y después de cenar, iremos a ver un partido de hockey.

El dúplex iba a quedarse muy vacío cuando se fueran, pensó.

Al día siguiente supo que no se equivocaba. Los había dejado en su avión privado, con destino a Deer Lake, y en aquel momento estaba sentado en un sillón de cuero, mirando una fotografía y una figurita de madera, sabiendo que algo había cambiado para siempre en su vida.

Capítulo 10

EL DOMINGO por la noche, Shaine estaba fregando los platos en la cocina. Sus hermanos acababan de marcharse. En compañía de Daniel, les había mostrado las fotos que se hicieron en Canarias. Aunque no todas. Shaine se guardó algunas que le había hecho a Jake... por impulso. Pero cuando fue a la tienda, se quedó sorprendida de cuántos «impulsos» había tenido.

No pensaba enseñarle a nadie esas fotos; algunas cosas debían permanecer en privado.

Como el camisón que compró en Nueva York. Jake y ella no habían hecho el amor, de modo que seguía metido en la bolsa, guardado en un cajón de la cómoda.

¿Se lo pondría alguna vez?

Jake había llamado dos días antes. Charló brevemente con ella y luego habló con Daniel. Shaine quería que se tomase su responsabilidad como padre seriamente. Entonces, ¿por qué esa llamada la había dejado tan inquieta, tan insegura?

Cranberry Cove le parecía desde su vuelta de Canarias más pequeño que nunca. Y el celibato, un horror. ¿Qué iba a hacer? ¿Seguir viviendo como si esas vacaciones nunca hubieran tenido lugar? ¿O tomar al toro por los cuernos?

El lunes por la mañana, Jake estaba haciendo la maleta para irse a California cuando sonó el teléfono.

–Jake Reilly.

–Hola, Jake. Soy Shaine.

–Hola, Shaine. ¿Cómo estás? ¿Y cómo está Daniel?

–Los dos estamos bien.

–¿Te pasa algo?

–¿Estás libre el próximo fin de semana?

–Sí –contestó él, sin mirar la agenda siquiera.

–El jueves tengo que hacer mi viaje anual a Montreal para comprar paneles de vidrio. Si quieres ir conmigo...

–Sí –la interrumpió Jake.

Shaine carraspeó.

–Quiero acostarme contigo, Jake. Por eso te llamo.

–Muy bien.

–Yo... ¿qué has dicho?

–Que muy bien. Estaré encantado de ir contigo a Montreal y sí, me gustaría acostarme contigo.

¿Que le gustaría? Que estaba desesperado por acostarse con ella, más bien.

–Ah. ¿De verdad?

–Puede que me portase como si fuera uno de tus hermanos en Canarias, pero mis pensamientos estaban lejos de ser fraternales. Ese biquini que llevabas era un castigo del infierno.

–¡Pero si no me mirabas!

–Eso es lo que tú crees –replicó Jake, como un crío–. Intentaba proteger a nuestro hijo de las sórdidas realidades de la vida. ¿Quién se quedará con él el fin de semana, por cierto?

–Devlin –contestó Shaine–. Daniel no debe saber que nos hemos visto en Montreal... esto queda entre tú y yo.

–Por supuesto. Conozco un hotel precioso en Montreal, yo haré la reserva. ¿Cuándo llegarás?

–Mira, Jake, yo no puedo permitirme...

–Yo sí.

–Será mejor que tengas cuidado. Podría acostumbrarme a vivir rodeada de lujos.

Shaine aún no sabía lo que era vivir rodeado de lujos, pensó él.

–Deja que yo me preocupe de eso. ¿Cuándo llegarás a Montreal?

–El jueves por la noche. Me pasaré el viernes de almacén en almacén, pero tengo el sábado libre.

–Muy bien. Nos encontraremos en el hotel el viernes por la noche. ¿Estás en casa ahora? Te llamo en diez minutos.

Shaine quería acostarse con él. Durante treinta y seis horas la tendría para él solo. Sin vecinos curiosos, sin hermanos, sin hijo. Sólo él y Shaine, en la cama.

Jake tuvo que sonreír mientras abría la agenda para buscar el teléfono del hotel. Cuatro minutos después, hablaba de nuevo con Shaine.

–Ya está –dijo a modo de saludo, antes de darle el nombre y la dirección del hotel–. Te esperan el jueves por la noche y la comida y la cena están incluidas. Hay dos restaurantes buenísimos.

–No hago esto porque quiera irme de vacaciones otra vez –murmuró ella, angustiada–. No estoy usándote, Jake.

–Ya lo sé, no tienes que darme explicaciones. Bueno, tengo que irme. Nos veremos el viernes a la hora de cenar... ah, y gracias, Shaine.

Ella emitió un sonido indescifrable antes de colgar. Lo había hecho. Acababa de agarrar al toro por los cuernos.

Más o menos. En otros viajes a Montreal había pasado por delante de L'Auberge de Jean-Pierre deseando tener dinero para alojarse allí. Y ahora, como Jake era millonario, iba a tener esa suerte.

Un fin de semana salvaje. Se lo merecía, ¿no? Tenía treinta y un años y había vivido como una persona responsable durante demasiado tiempo. Un fin de semana no le haría daño.

Después de todo, no estaba enamorada de Jake. No iba a correr el riesgo de enamorarse de él otra vez. Pero Jake Reilly la mantenía prisionera de alguna forma. Si se acostaba con él, conseguiría quitarse de encima esa fascinación.

Sí, eso era lo que iba a pasar, decidió, recordando el camisón que había comprado en Nueva York.

Le gustaría. Estaba tan segura de eso como de las olas que golpeaban la playa.

A las siete y media del viernes, Jake llegó al hotel. Era más tarde de lo que había previsto porque se detuvo en el aeropuerto para llamar a un conocido almacén de vidrio.

L'Auberge de Jean-Pierre, con sus antigüedades, sus alfombras Aubusson y su servicio impecable, era uno de los mejores hoteles de Montreal.

—La señora está esperándole en el bar —le dijo el gerente—. Enseguida llevarán sus maletas arriba, *monsieur*.

Había una mujer con un vestido negro sentada frente a la barra. Sus piernas, envueltas en medias de seda negra, parecían interminables. Su pelo rojo brillaba como el fuego.

—Hola, Shaine —sonrió, tomando su mano—. Termina tu copa y vamos a la habitación. Eso es lo que quieres, ¿no?

Shaine se levantó. Parecía más alta de lo normal.

–Bonitos zapatos –dijo Jake, señalando los zapatos de tacón negro mientras se dirigían al ascensor.

–De la tienda de decomisos –le confesó ella en voz baja.

–Será nuestro secreto. ¿Y ese vestido?

–Me lo hice yo. No tuve que comprar mucha tela.

El vestido, sin mangas, tenía un fabuloso escote en la espalda.

–¿Cien maneras de ahorrar dinero? –intentó sonreír Jake, aunque tenía la boca seca.

–Podría escribir un libro. ¿Qué tal en California?

–Bien, pero está demasiado lejos –sonrió él, tomándola por la cintura y llevándola hacia la única suite del hotel, en el último piso.

–Las flores son preciosas. Gracias, Jake... Ojalá pudiera llevármelas a casa –le dijo cuando entraron en la habitación.

Había pedido que la suite estuviera llena de flores, rosas rojas para el salón y una orquídea blanca para el dormitorio.

–Esta vez, sí he traído protección. Ven aquí, Shaine.

–Y yo he ido a ver al doctor McGillivray –anunció ella, nerviosa–. Ya hemos hecho esto antes. No sé por qué estoy tan nerviosa.

–Porque es importante.

–Es sólo un fin de semana. No vamos a casarnos.

Si eso no era un reto, Jake no sabía qué podría serlo.

–Espera, vuelvo enseguida –dijo ella entonces, desapareciendo en el cuarto de baño.

Cuando volvió a aparecer, con un camisón de satén que se pegaba a su cuerpo como una segunda piel, Jake tuvo que tragar saliva.

–No has comprado esto en Cranberry Cove.

–No, en Nueva York. ¿Te gusta?

Jake acarició la delicada tela casi con reverencia. La luz del salón bañaba a Shaine con una luz dorada.

–Bésame.

–No hay prisa –murmuró él, tumbándola sobre la cama, acariciando sus muslos por encima del camisón. Shaine levantaba las caderas, buscándolo, hasta que él empezó a acariciarla entre las piernas, suavemente al principio, con un ritmo intenso después. Entonces se rompió, gritando de placer cuando la llevó al orgasmo.

–¿Cómo ha pasado eso? Soy yo quien debería seducirte.

Jake dejó caer el pantalón al suelo.

–Y eso haces.

Shaine se incorporó para quitarse el camisón; su piel brillaba como el marfil.

–Nunca ha habido una mujer más bella que tú –dijo Jake con voz ronca, acariciando sus pechos. Podía sentir los latidos de su corazón bajo la mano y bajo los labios mientras rozaba sus pezones con la lengua.

–Ahora, Jake. Ahora...

Él se quitó los calzoncillos de un tirón para colocarse sobre ella. Shaine deslizó la mano hacia abajo y agarró su miembro, observando con primitivo placer cómo su rostro se convulsionaba. Sentía como si estuviera en medio de un arco iris. Y era Jake Reilly quien la llevaba allí.

Nunca había deseado a nadie como lo deseaba a él. Nunca. Jadeando de deseo, arqueó las caderas para recibirlo.

Pero incluso entonces, aunque estaba deseándolo, Jake se contuvo. Deseando darle todo el placer posible, se frotó contra ella, llevándola al orgasmo de nuevo.

–Lo has hecho otra vez.

–Sí, es verdad.

–Ahora me toca a mí –dijo Shaine–. Tienes un cuerpo precioso.

–No puedo esperar más –murmuró Jake entonces, con voz ronca.

Shaine se abrió para él, como si llevara toda la vida esperándolo. Jake podía sentir cómo lo recibía y empezó a empujar con fuerza, casi con violencia. Acabó dentro de ella. Luego apoyó la frente cubierta de sudor sobre su pecho, los latidos de sus corazones mezclándose.

–Me matas, Shaine.

–¿Ah, sí? Y eso que no tengo práctica.

Jake se alegraba de eso. Se alegraba infinitamente.

–Odio decir esto, pero tengo hambre. Se me pasó la hora del almuerzo.

–Yo quiero pastel de chocolate con fresas –dijo Shaine–. Ya he mirado la carta.

–¿Nada más?

–Bueno, sí, un par de filetes.

Al oír eso, Jake sintió una ola de ternura tal que se quedó sin respiración.

–Puedes tomar lo que quieras.

–De una forma o de otra, siempre lo paso bien contigo –rió Shaine entonces, abrazándolo.

–Sigue así y no llegaremos a la cena. Podríamos ir a bailar después, ¿qué te parece?

–Y luego volveremos a la cama.

Jake la apretó contra su corazón.

–No me canso de ti.

–Seguro que para el domingo habrás cambiado de opinión.

–No lo creo. Esto va a durar más de lo que esperamos, Shaine.

–Sólo es un fin de semana. No quiero pensar en mañana y mucho menos en el futuro.

Otro reto, pensó Jake.

Pero si había aprendido algo en los últimos trece años era el valor de un acercamiento indirecto. Shaine O'Sullivan era como un caballo de carreras, no apto para los débiles de corazón.

–Así que sólo quieres un pastel de chocolate, ¿eh?

–Una mujer de gustos sencillos, ésa soy yo. Un buen revolcón y un poco de chocolate.

«No ha sido un revolcón, hemos hecho el amor», pensó él.

¿De dónde había salido eso?, se preguntó, sorprendido.

El comedor del restaurante no habría estado fuera de lugar en el palacio de Versalles. Shaine se colocó la servilleta sobre las rodillas y miró alrededor, entusiasmada.

–Voy a disfrutar cada minuto –murmuró, tomando la carta–. Quiero probarlo todo.

–¿Por qué no empiezas por el postre y sigues hacia arriba?

–Buena idea.

La crema de setas era deliciosa, el filete tiernísimo, la ensalada fresca y el pastel de chocolate con fresas, un pecado.

–Si me quedara sitio, empezaría otra vez –sonrió, llevándose una mano al estómago.

Jake sonrió. Estaba enamorado de ella. Enamorado de Shaine O'Sullivan. Siempre lo había estado. Y lo supo cuando ella se desmayó en sus brazos, en la tienda.

Nunca había dejado de amarla. Por eso nunca había vivido con otra mujer. Shaine era la mujer de su vida, la única, su alma gemela.

—¿Qué pasa? ¿Me he manchado de chocolate?

Jake la miraba como si no la hubiera visto nunca. Quería casarse con ella, vivir con ella para siempre, compartir decisiones, penas y alegrías. Ser un padre para Daniel. Y quizá, de otro hijo.

—¿Has pensado alguna vez tener otro hijo?

Ella parpadeó, confusa.

—¿Siendo madre soltera? No.

—¿Y si te casaras?

—No voy a casarme. ¿Si tomo un café podré dormir?

Jake pensó entonces que quizá Shaine jamás se enamoraría de él. Ese pensamiento era aterrador.

—Pide un expreso... pienso tenerte despierta toda la noche.

—¿Estás bien? Te veo un poco raro.

—No, estoy feliz de estar aquí contigo.

¿Cómo no iba a ser feliz si estaba enamorado de ella?

Jake le dijo con el cuerpo lo que no estaba preparado para decirle con palabras. Comieron, bebieron, bailaron, pasearon por las calles empedradas de la mano y fueron de compras. Se rieron mucho, en la cama y fuera de ella. Porque, por supuesto, pasaron horas en la cama y durmieron muy poco.

El camisón de Shaine no volvió a salir del cajón.

Y entonces, demasiado pronto, llegó el domingo

por la mañana. Jake se despertó temprano y, apoyán-
dose en un codo, miró a Shaine, dormida, y su corazón
se llenó de amor. Antes de marcharse tenía que saber
cuándo iba a volver a verla.

Como si hubiera notado que la miraba, ella abrió
los ojos.

–Buenos días.

–Nuestro último día en Montreal –murmuró Jake,
buscando sus labios con desesperación. Shaine lo
abrazó, quizá con la misma desesperación, quizá no.
Hicieron el amor sin palabras, intensamente. Pero
cuando terminaron evitaba su mirada.

–¿Qué pasa, Shaine?

–Nada. De vuelta a la vida normal, supongo.

–¿Me echarás de menos?

–Echaré esto de menos –sonrió ella, haciéndole
cosquillas.

–No sólo mi cuerpo. A mí.

–¿Qué quieres decir?

–Este fin de semana ha significado mucho para mí.
Quiero saber qué ha significado para ti.

–Ha sido estupendo, de verdad. ¿No es suficiente?

–¿Cuándo volveremos a vernos?

Shaine levantó la barbilla, desafiante.

–Volveré a Montreal el próximo mes de marzo.

–No juegues conmigo.

–En mi vida no hay sitio para fines de semana como
éste, Jake. Ha sido maravilloso y supongo que me lo
merecía, pero... no podemos repetirlo.

–Entonces, ¿sólo ha sido una escapada?

–¿Y qué hay de malo en eso?

–Shaine, me he enamorado de ti otra vez. O quizá
nunca he dejado de estarlo.

Ella se puso pálida.

–¡No quiero que te enamores de mí!

–¿Por qué no? Cuando tenías dieciocho años te gustaba.

–Sí, es verdad. Entonces era joven e impresionable. Estaba llena de ideas románticas... pero me hacías feliz. Muy feliz. Y entonces desapareciste.

–Ya hemos hablado de eso...

–Entonces, deja que te diga otra cosa –lo interrumpió Shaine–. Seis años después, cuando Daniel empezó a ir al colegio, tuve una aventura. Su nombre era Kyle Manley y era un ejecutivo de una cadena de hoteles. Era guapo, encantador... y yo estaba deseando conocer a alguien. Así que me enamoré de él. Y él decía estarlo de mí. Nos veíamos en un motel y, un día, lo invité a cenar en casa para que conociese a Daniel. Preparé una cena estupenda y esperé... Ya te puedes imaginar el resto. Porque, por supuesto, nunca apareció. Nunca volví a verlo. No quería conocer a mi hijo, sólo quería acostarse conmigo.

–Lo siento –dijo Jake.

–Por segunda vez en mi vida, me abandonaron. Y no quiero que vuelva a pasar. Ahora te gusta mostrarme lo divertida que es la vida de un millonario, pero ¿cuánto tiempo durará?

–Lo que hay entre nosotros no tiene nada que ver con el dinero.

–Muy bien, muy bien. Pero estabas enamorado de mí y te marchaste. Kyle decía estar enamorado de mí y se marchó también. Ahora dices que estás enamorado de mí otra vez... pero yo no quiero ni hablar de ello –dijo Shaine, levantándose de la cama–. Perdona, tengo que hacer la maleta.

–No voy a desaparecer de tu vida, Shaine. Tenemos a Daniel.

–Ya.

–Esta conversación no ha terminado.

–¡Para mí sí!

Jake se pasó una mano por la cara, angustiado.

–Ve a ducharte, anda. Te acompañaré al aeropuerto después de desayunar.

Debería haber esperado, pensó, cuando Shaine se encerró en el cuarto de baño dando un portazo. Debería haberle dado un poco más de tiempo.

Pero si algún día conocía a un ejecutivo llamado Kyle Manley, lo agarraría por el cuello.

Media hora después, en el restaurante, Shaine enterraba la cara en el periódico.

–Ah, muy bien. ¿No es esto lo que hacen las parejas que llevan muchos años casadas?

–No lo sé.

–Esta vez no voy a irme, Shaine.

–Se lo diré a Daniel.

–No seas cruel.

Ella dejó escapar un suspiro.

–Lo siento, estoy portándome como una idiota... es que no sé qué hacer, Jake. Yo no soy sofisticada como esas mujeres con las que sales.

–Ya lo había notado.

–Te enamoraste de mí por el vestido negro –rió ella entonces.

–Me enamoré de ti porque eres una mujer apasionada y porque... te confiaría mi vida. Venga, termina el desayuno.

–Lo siento, de verdad.

–Por favor, no llores, Shaine. No soporto verte llorar.

Ella parpadeó un par de veces para controlar las lágrimas. Pero cuando miró el reloj, dio un respingo.

–Voy a perder el avión. Tengo que irme ahora mismo...

–Yo te llevaré al aeropuerto, no te preocupes. Llegaremos a tiempo.

–Estás demasiado acostumbrado a dar órdenes, Jake Reilly.

–Y tú también. Eso nos dará que hablar cuando seamos viejos.

Los ojos verdes brillaron peligrosamente.

–No insistas, Jake.

–Pienso hacerlo.

Media hora después, la limusina los había llevado al aeropuerto.

–Te llamaré dentro de un par de días. Estaré en Manhattan toda la semana –murmuró, abrazándola. Shaine no protestó cuando buscó sus labios.

Se alejó luego, despeinada, deseable y... muy irritada.

Sonriendo, Jake se dio la vuelta. Ojalá se sintiera tan seguro de sí mismo como quería darle a entender.

Capítulo 11

EL MIÉRCOLES por la noche, un camión le llevó el cargamento de vidrio. Haciendo sitio en las estanterías, Shaine tomó los libros y empezó a anotar... Pero cuando llegó al final de la lista se quedó parada. Vidrio barroco, vidrio alemán antiguo, vidrio emplomado... ella no había pedido eso. No podía permitírselo, aunque le encantaría. Entonces se percató de que había una nota pegada a la factura. Jake Reilly había comprado ese vidrio para ella. El viernes anterior, el día que llegó a Montreal.

Shaine se mordió los labios.

Era hermosísimo. El vidrio antiguo, en particular, era perfecto para un diseño abstracto que tenía en mente desde que vio los cráteres de Cañadas.

Pero Jake no le había dicho nada.

Podía devolverlo. Eso era lo que debía hacer. No quería estar en deuda con él.

Entonces oyó los pasos de Daniel y guardó la factura en el cajón.

—¡Mamá! ¿A que no sabes qué ha pasado?

—Has sacado un diez en literatura.

—No te lo crees ni tú. El entrenador me ha dicho que podrían elegirme jugador del año en el campeonato del fin de semana.

—¡Eso es maravilloso!

—Nos vamos el viernes después de comer.

–Estupendo. Yo te haré la maleta.

–Qué color más bonito –dijo el chico entonces, señalando un panel de vidrio.

–En Montreal tienen unas cosas estupendas, por eso voy todos los años –murmuró ella, sin mirarlo.

–El sábado podrías haber ido a ver el partido de la liga nacional.

El sábado, Shaine estaba con Jake en una bañera llena de espuma, haciendo el amor.

–Voy a hacer la cena. Devlin ha traído cangrejos.

Cenaron en la cocina, hablando sobre el equipo de hockey, sobre el colegio...

–¡Qué ricos! –exclamó Daniel–. Están casi tan ricos como las gambas que comimos en Canarias.

–No tanto como el pastel de chocolate que tomamos el sábado por la noche –dijo Shaine, sin pensar–. En Nueva York, quiero decir...

Daniel la miraba, atónito.

–Jake ha estado en Montreal contigo.

–Sí, bueno, nos vimos...

–Tú nunca has salido con nadie.

–A veces ceno con Cameron –protestó Shaine.

–Él no cuenta. ¿Por qué quedaste con Jake?

–Daniel, esto es...

–¿Vas a casarte con él?

–Nunca.

–¿Por qué no?

–¡Porque no quiero casarme con nadie!

–¿Te lo ha pedido?

–Sí. Y le he dicho que no. Y no quiero seguir hablando del tema.

–Si te lo ha pedido, debe querer casarse contigo.

–Ésa es una decisión que deben tomar dos personas adultas.

–¿Por qué no te casas con él, mamá? Os lleváis bien. Os estuve observando en Canarias...

–¿Quieres que me case con Jake?

–Los padres de mis amigos están casados. Pero tú no, tú tienes que ser diferente.

–Pero no puedo casarme sólo para...

–Déjalo, no quiero seguir hablando de esto –la interrumpió su hijo, levantándose.

Shaine enterró la cara entre las manos. ¿Por qué había tenido que abrir la boca?

Ésa era una pregunta que se hizo varias veces durante la semana. Daniel, normalmente un chico de buen carácter, estaba callado e incluso le contestó mal en un par de ocasiones. Ella hacía lo que podía para no enfadarse, pero tuvo que admitir que, cuando se marchó el viernes al campeonato de hockey, se alegró de perderlo de vista.

Volvería más animado, pensando en sus cosas, y la vida seguiría como siempre.

Pasó el viernes entero en la tienda. El sábado, Jenny ocupó su puesto para que ella pudiera trabajar en casa.

Cuando sonó el timbre, Shaine se asombró al ver cómo habían pasado las horas.

–¡Mary! ¿Cómo estás?

Mary Bates era la madre de Art, el amigo de Daniel, y esposa de Hardy, el segundo entrenador del equipo de hockey.

–Bien. Sólo quería saber si Daniel está mejor.

–¿Mejor?

–Hardy me dijo que tenía gripe y por eso no podía ir al campeonato.

Shaine se llevó una mano al corazón.

–¿Que Daniel no ha ido al campeonato?

–¿No me digas que no está aquí?

–No, no está aquí. Ay, Dios mío, ¿dónde está? Debe haber ido a buscar a su padre. Nos peleamos el otro día... Daniel quiere que me case con Jake.

–¿Dónde vive Jake?

–En Nueva York.

–¿Tienes su teléfono?

–Sí, claro.

Con dedos temblorosos, Shaine sacó la agenda y marcó el número.

–Jake, soy yo –dijo, intentando controlar las lágrimas–. Daniel se ha escapado de casa.

–¿Cuándo?

–Se enteró de que estuvimos juntos en Montreal y... tuvimos una pelea. Debería haber ido a un campeonato de hockey con el colegio, pero no ha ido. Oh, Jake, tenemos que encontrarlo.

–¿Crees que ha venido a Nueva York?

–No lo sé, no tengo ni idea... no sé dónde puede estar. ¿No se ha puesto en contacto contigo?

–No, pero no te preocupes. Es un chico muy listo y no se meterá en líos. Yo lo encontraré.

–¿Me llamarás en cuanto sepas algo?

–Por supuesto.

–Es culpa mía. Se me escapó algo de Montreal y...

–Por favor, no te culpes a ti misma –la interrumpió Jake–. Tranquila, Shaine, lo encontraré.

Después de colgar, tuvo que abrazarse a Mary, angustiada. Pasó una hora, una hora y media, dos. Y cuando estaba a punto de ponerse a gritar, por fin sonó el teléfono.

–¿Sí?

–Está en un autobús, en dirección a Nueva York –dijo Jake–. Tranquila, iré a buscarlo a la estación y te llamaré en cuanto lleguemos a casa.

–Gracias –suspiró Shaine. Luego apoyó la cabeza en la mesa y empezó a llorar. Mary le quitó el teléfono de la mano.

–Hola, soy Mary Bates, una amiga... Sí, no se preocupe, me quedaré con ella. Llámenos en cuanto sepa algo, por favor.

Mary colgó y abrazó a Shaine.

–Todo va a salir bien, no te preocupes.

La estación de autobuses, un sitio inmenso y lleno de gente, no era un sitio en el que Jake quisiera ver solo a un niño. Y menos a su hijo. Pero allí estaba. En cuanto se abrieron las puertas del autobús, Daniel bajó, mirando de un lado a otro. Parecía un crío perdido en la jungla y a Jake se le encogió el corazón.

–¡Daniel!

El chico volvió la cabeza. Estaba claro que se alegraba de verlo.

–Hola, Jake.

–¿Llevas alguna maleta?

–No, sólo esto –contestó él, señalando la mochila.

–Venga, vámonos a casa. ¿Tienes hambre?

–Un poco. Después de pagar el billete, no me quedaba dinero para la merienda.

Cuando llegaron al dúplex, Jake lo llevó a la cocina.

–Vamos a ver qué hay por aquí.

–¿Puedo llamar a mi madre?

–Ella sabe que estás aquí. Y prefiero hablar contigo antes, hijo.

–¡Tienes que hacer que cambie de opinión!

–¿Sobre qué?

–Me dijo que os habíais visto en Montreal y que le pediste que se casara contigo, pero te dijo que no. No lo entiendo... si le gustas, ¿por qué no se casa contigo?

–¿Has venido hasta Nueva York para preguntarme eso?

Daniel se dejó caer en una silla.

–Quiero que os caséis.

–¿Por qué?

–Porque los padres de mis amigos están casados.

–¿Y quieres ser como los demás? –preguntó Jake, sentándose a su lado.

–Quiero un padre –murmuró Daniel, sin mirarlo.

–¿Te valdría cualquiera?

El niño levantó la mirada.

–Tú eres mi padre, ¿no?

–Sí.

–Quiero que seas mi padre de verdad.

Jake, con un nudo en la garganta, abrazó a su hijo.

–Yo también, Daniel. Más de lo que te puedes imaginar.

–Entonces, tienes que hacer que mi madre se case contigo.

–Ella cree que no puede sacarte de Cranberry Cove. Tu casa esta allí, tu familia, el equipo de hockey... piensa que vuestra vida esta allí.

–Qué bobada. A mí me gusta Nueva York. Cranberry Cove ahora me parece más pequeño.

Jake soltó una carcajada.

–Es un sitio pequeño.

–Pero los otros chicos... a veces decían cosas de mi madre y yo tenía que pegarme con ellos –dijo Daniel entonces.

–Lo siento mucho, hijo.

–Ya, bueno... Si viviéramos aquí, podríamos volver a Cranberry Cove de vez en cuando, ¿no?

–Claro que sí. Pero entonces no tendrías a tus amigos.

–Sí, eso es verdad. Pero mi madre podría hacer más cosas aquí. Aquí hay de todo.

–Hablaré con ella, te lo prometo. Voy a llevaros a Los Hampton.

–¿Qué es eso?

–Es un sitio precioso. Tengo una casa a la que voy cuando necesito salir de la ciudad.

–¿Otra casa? –preguntó Daniel, boquiabierto.

Jake se pasó una mano por el pelo.

–Tu madre está muy disgustada, hijo. Se ha llevado un susto tremendo. Y huir de casa no resuelve nada, ¿lo entiendes? Yo me marché de Cranberry Cove hace trece años y, por mi culpa, hemos perdido todo ese tiempo. Esta vez te ha salido bien, pero le has dado un susto de muerte a tu madre y no pienso permitir que vuelvas a hacerlo, ¿me oyes?

–Falsifiqué su firma en el pasaporte. Así he pasado la frontera –murmuró Daniel, bajando la mirada.

–No vuelvas a hacerlo. ¿Me lo prometes?

–Sí, te lo prometo. ¿Está muy enfadada?

–Mucho.

Pero lo primero que hizo Shaine en cuanto bajó del avión fue abrazar a su hijo con tal fuerza que lo dejó sin aire.

–Me has dado un susto de muerte, Daniel Seamus O'Sullivan.

–Lo siento, mamá.

–El entrenador te ha castigado sin jugar en los próximos tres partidos, ya lo sabes. Huir es de cobardes, hijo. Y los O'Sullivan no son cobardes. Ni los Reilly. Espero que lo recuerdes.

–Papá me ha dicho lo mismo.

Papá.

Esa palabra quedó colgada en el aire. Shaine vio que Jake se ponía pálido y sabía por qué. No iba a preguntarle a Daniel por qué había ido a Nueva York, estaba claro: quería ver a su padre.

–Vamos a la casa de Los Hampton, Shaine. El coche está esperando...

–¡Es un Ferrari, mamá! –gritó Daniel–. ¡Un Ferrari de color plata! Yo he venido en el asiento delantero, pero ahora puedes ir tú.

Shaine miró a Jake, sin decir nada. Y tampoco dijo nada durante el viaje.

Pero cuando llegaron a Los Hampton se quedó cautivada por la casa. Tenía su propio muelle... hasta una playa privada. Con los muros de piedra y las ventanas francesas maravillosamente iluminadas, parecía darles la bienvenida con los brazos abiertos. Y el jardín era de ensueño.

–¿Te gusta?

–Me encanta. Es preciosa.

–La compré hace tres años, pero no paso mucho tiempo aquí.

El interior era una maravilla. El ático podría ser un estudio ideal, el balcón del dormitorio principal, con su panorámica del jardín y la playa, como de película.

Jake quería enseñarle aquella casa porque, desde que la vio por primera vez, parecía que lo llamaba. Y estaba seguro de que a Shaine le encantaría.

El ama de llaves había dejado pasta y ensalada en la nevera, junto con un delicioso flan de frutas. Cuando terminaron de cenar, Daniel estaba bostezando y no protestó a la hora de irse a la cama.

–Tu madre duerme en la habitación de al lado –le dijo Jake–. Y yo estoy al final del pasillo. Que duermas bien, hijo.

Daniel, sonriendo tímidamente, le dio un golpecito en el hombro. Un gesto entrañable, tierno. Un gesto que valía un mundo para él.

Shaine lo esperaba en el patio y Jake la tomó por la cintura, buscando sus labios.

–He querido hacer esto desde que bajaste del avión. Ha sido un día muy largo, ¿verdad?

–Y no ha terminado.

–No –suspiró él–. Esta escapada de Daniel ha sido un aviso. Ya has oído que me ha llamado papá... quiere tener una familia normal, un padre y una madre que vivan juntos.

–No siempre conseguimos lo que queremos.

–Pero nosotros podemos darle lo que quiere. Cásate conmigo, Shaine.

–No.

–Viviremos en Nueva York. Podrías tener un estudio aquí y alquilar otro en Manhattan. Te apetece un cambio y en Nueva York hay de todo...

–¿Estás intentando comprarme?

–Sólo estoy recordándote las ventajas de un paso que me parece inevitable.

–Daniel tiene que vivir en Cranberry Cove. No aquí.

–Hemos hablado de eso esta mañana. Desde que nos fuimos de vacaciones, el chico ve Cranberry Cove de otra forma... y no le importaría nada vivir en Nueva York.

–¿Y dejar a su familia, a sus amigos?

–Podemos ir de visita cuando queramos, Shaine. Y tus hermanos pueden venir a vernos cuando quieran. A pesar de esta escapada, Daniel tiene la cabeza sobre los hombros... es un chico estupendo y sabe hacer amigos. No le costará trabajo acostumbrarse a vivir en Nueva York.

–Jake, olvidas algo. Yo no quiero casarme.

–Pero no siempre conseguimos lo que queremos, tú misma lo has dicho –le recordó él.

–Escúchame, Jake, porque sólo voy a decir esto una vez. Nunca te he contado lo que pasé cuando te fuiste. Los primeros días, esperaba que me escribieras, que me llamaras. Pero no lo hiciste. Tenía que preocuparme de mi madre... y entonces descubrí que estaba embarazada. Embarazada y abandonada, menudo cliché, ¿no? Pero cuando lo vives no es un cliché, es algo terrible. No sabes el miedo que pasé, Jake...

–Shaine...

–No, déjame terminar. No quería contárselo a mis padres hasta que hubieran operado a mi madre y...

–¿Alguna vez pensaste en abortar?

–No.

–¿Por qué?

–Porque era nuestro hijo, Jake. Tuyo y mío.

–Entonces, me querías.

Shaine dejó escapar un suspiro.

–Sí, te quería. Te mentí en Ghost Island porque no sabía cómo hacer que te fueras. Y te mentí cuando volviste. Te quise con todo mi corazón... probablemente desde el día que me encontraste llorando en el bosque porque Sally Hatchet no me había invitado a su fiesta de cumpleaños.

–Ojalá me hubieras dicho eso antes.

–Hice lo que me pareció mejor.

–¿Qué pasó cuando tus padres descubrieron que estabas embarazada?

–Insistieron en que me fuera a la universidad y viviera una vida normal. Daniel nació en marzo y, como mi madre ya se encontraba bien, se quedó con él mientras yo estudiaba. Pero no podía vivir sin el niño, así que los llamé para decir que volvía a Cranberry Cove. Al día siguiente tuvieron el accidente y lo demás ya lo sabes.

–Si pudiera dar marcha atrás –suspiró Jake–. Si hubiera estado contigo, Shaine...

–No he terminado. Mi embarazo debería haber sido un momento feliz... pero no lo fue. Tenía demasiado miedo. Cuando me puse de parto y tú no estabas allí... nunca me había sentido más sola en toda mi vida. Cuando nació Daniel no estabas a mi lado, Jake. Y entonces yo no sabía dónde encontrarte. ¿Es que no te das cuentas? Las cicatrices son muy profundas. Me quedé en Cranberry Cove y crié a mi hijo mientras cuidaba de mis hermanos. Lo hice, pero me costó mucho. Y sufrí mucho. No puedo volver atrás y decir: me casaré contigo y confiaré en que estés a mi lado durante el resto de mi vida. No puedo hacerlo.

Él asintió, con el corazón en un puño.

–¿Cuándo dejaste de quererme?

–No fue fácil. Daniel era un recordatorio continuo. Los mismos ojos, el mismo pelo. Pero no podía seguir queriéndote, era demasiado doloroso. Así que maté el amor que sentía por ti. Era la única forma de sobrevivir.

Jake se miró las manos. Era demasiado tarde. Eso era lo que Shaine estaba diciendo, que era demasiado tarde. Pero no podía rendirse. No lo haría. Ella era demasiado importante.

–No te puedo probar que estaré siempre a tu lado. La única forma de hacerlo es vivir juntos. Pero te juro por lo más sagrado que nunca volveré a abandonarte. Nunca.

Ella bajó la mirada.

–Algo murió dentro de mí hace años. No puedo devolverlo a la vida sólo porque Daniel y tú queráis.

–No debemos pensar en nosotros. Debemos pensar en él.

–Mi hijo y yo estábamos estupendamente antes de que tú llegaras a Cranberry Cove.

–Vamos a casarnos, Shaine. Vamos a compartir casa, cama, vida... y a nuestro hijo. No hay alternativa.

–Sigues enamorado de mí –dijo Shaine entonces–. Te haré daño.

–Yo me preocuparé de eso. Además, hay quien diría que me lo merezco.

–Pero yo no quiero hacerlo.

–Te quiero, Shaine –dijo Jake, con los puños apretados–. Y los dos queremos a Daniel. Nos casaremos en Cranberry Cove la semana que viene...

–¡No hagas planes sin contar conmigo!

–No sé qué más puedo hacer. No quiero que mi hijo sufra...

–Eso es lo único que cuenta, ¿verdad?

–Él es la primera víctima de todo esto.

–Muy bien –suspiró Shaine–. Tú ganas, se lo diremos mañana.

Cuando Jake intentó tomarla por la cintura, ella se apartó. Ese gesto le rompió el corazón.

«Te haré daño», le había dicho. Pero no había esperado que se lo hiciera tan pronto.

–Vete a la cama, Shaine. Pareces agotada.

La observó salir del patio, con la cabeza baja. Quizá lo más doloroso era saber que la había derrotado.

Había conseguido lo que quería. Pero, ¿a qué precio?

Capítulo 12

UNA SEMANA después, el día antes de que Jake llegase a Cranberry Cove para la boda, Shaine se sentía inquieta. Llevaba en casa todo el día por culpa de la tormenta; según la radio, era la cola de un huracán.

Daniel estaba en un cumpleaños y se quedaría a dormir en casa de su amigo Art, de modo que no podía hablar con nadie. Poniéndose un impermeable, Shaine se calzó unas botas de agua. Iría hasta el acantilado. Quizá eso la calmaría un poco.

Si fuera una mujer sensata, se quedaría en la cocina haciéndose un té. En la radio habían dicho que aquélla iba a ser la peor tormenta del año.

Pero los excesos de la naturaleza siempre la habían fascinado. Cuando salió al jardín, la galerna casi la tiró al suelo. Pero prefería caminar luchando contra el viento y la lluvia. Al menos, sabía contra qué estaba luchando.

Las olas saltaban como enormes sementales blancos, sus crines blancas moviéndose con el viento. El ruido era ensordecedor, emocionante. Si daba unos pasos más, casi podría ver Ghost Island. El agua del mar golpeaba su cara y cuando se pasó la lengua por los labios, notó que era salada, como las lágrimas, pensó, sintiendo un escalofrío.

Pero no iba a pensar en Jake. Había estado pensando en él todo el día, toda la semana. Ya estaba bien.

El frío la calaba hasta los huesos. Entonces, al borde del acantilado vio un ramito de flores. Un ramito frágil, medio destrozado por el viento. Sin pensar, se inclinó para arrancarlo y... sintió que el suelo se movía bajo sus pies.

Por un segundo, pensó que era su imaginación. Así era como se había sentido durante esos días, desde que volvió de la casa de Los Hampton. Pero entonces se dio cuenta de que era real, que era un deslizamiento de tierra.

Shaine intentó agarrarse a algo, pero no encontraba nada e inexorablemente se deslizó por la pared del acantilado. Debajo de ella, el océano rugía con la fuerza de un monstruo.

Daniel, pensó. Daniel... y Jake. Jake, a quien amaba.

Con un impacto que repercutió por todo su cuerpo, sus pies chocaron contra una roca. El barro estaba frío, helado, pegado a su cara. Pero había dejado de resbalar.

Se agarró a la pared de barro como pudo, con las uñas, desesperadamente. Su corazón latía acelerado, estaba aterrada y luchaba contra el pánico con todo su ser. Entonces miró hacia abajo.

Y tuvo que cerrar los ojos al ver el rugiente mar deseando tragársela. Sus botas habían chocado contra un saliente de granito, lo suficientemente grande como para sostenerla.

Si no había otro deslizamiento, estaba a salvo.

Pero, ¿durante cuánto tiempo? Daniel no iría a dormir a casa aquella noche. Jake no llegaría hasta el día siguiente. No había razón para que sus hermanos fueran a visitarla...

¿Tenía fuerzas para aguantar ahí toda la noche? ¿Podría permanecer despierta para no caer al mar?

Shaine apoyó la cara en la pared. Jake. Jake la ayudaría, pensó absurdamente. Porque la quería. Y, por supuesto, porque ella lo quería a él.

Nunca había dejado de quererlo. Había sido necesario un deslizamiento de tierra para que se diera cuenta. Lo intentó. Luchó contra ese amor, y, por fin, se convenció a sí misma de que lo había echado de su vida. De que ya no significaba nada para ella.

Eso era lo que le había dicho y lo que ella misma creía.

Pero estaba equivocada. Y ahora, aterrorizada de morir antes de decírselo, se dio cuenta de lo engañada que había estado. Su amor por Jake era la corriente de su vida, el océano en el que nadaba, el viento que movía su alma.

Tenía que decírselo. Tenía que hacerlo. No podría soportar que él siguiera creyendo que había destruido el amor que una vez compartieron.

Tenía que sobrevivir, tenía que salir de allí para ver feliz a su hijo, para que Jake, Daniel y ella fueran una familia...

Jake conducía por la carretera de Breakheart Hill, intentando que la cortina de agua no lo sacara del camino. «Bienvenido a casa», pensó, irónico. Había llegado un día antes de lo previsto, pensando que así se adelantaría a la tormenta, pero estaba equivocado.

Era sábado y Shaine y él se casarían el lunes. Al día siguiente, su madre y su padrastro llegarían a Cranberry Cove para la celebración.

La celebración, pensó. No le parecía la palabra adecuada. Aunque su madre se mostró emocionada cuando le dio la noticia.

¿Olvidaría algún día la sonrisa de Daniel cuando le dijeron que iban a casarse? Tenía que recordar eso. Porque desde aquel sábado en Los Hampton, Shaine había estado a miles de kilómetros de él. Era evidente que lamentaba haber tomado esa decisión.

¿Estaba cometiendo el mayor error de su vida? ¿Forzar a Shaine para que se casara con él era un riesgo que no debería asumir?

Cuando llegó a su casa y llamó a la puerta, sólo le contestó el silencio. Pero su coche estaba en el garaje, de modo que debía andar cerca. Comprobó entonces que se había llevado el impermeable del perchero y también las botas de agua. Entonces tuvo una premoción. Asustado, marcó el número de Devlin.

–Devlin, soy Jake. ¿Sabes dónde está tu hermana?

–¿No está en casa?

–No.

–Daniel está pasando la noche en casa de su amigo Art y, que yo sepa, Shaine no tenía planes de salir... Pero voy a hacer un par de llamadas.

Unos minutos después, mientras Jake escuchaba el brutal sonido de la lluvia golpeando los cristales, sonó el teléfono.

–No la encuentro. Pero no creo que haya decidido dar un paseo por el acantilado.

–Voy a echar un vistazo, por si acaso. Si no te he llamado en media hora, ven a buscarme.

–De acuerdo.

Jake conocía bien el acantilado, pero la lluvia lo cegaba, el viento sacudiéndolo como si fuera un títere. Shaine no podía haber salido a dar un paseo con aquel huracán, era imposible. Y, sin embargo, sintió un escalofrío, como un presentimiento...

Entonces se dio cuenta de que el camino se rompía,

el borde del acantilado convertido en un mar de fango. Jake se acercó, midiendo cada paso, con el corazón en un puño...

Una mujer con un impermeable azul se agarraba a la pared, los pies sujetos a una roca. Debajo, las olas se lanzaban unas sobre otras, levantando una cascada de espuma. Jake intentó gritar su nombre, pero tenía un nudo en la garganta.

Entonces Shaine levantó la cabeza, el rostro pálido. Aunque movía los labios, Jake no podía entender lo que decía. Angustiado, buscó alguna forma de llegar hasta ella, pero no encontró ninguna. Si intentaba bajar por la pared del acantilado, corría el riesgo de provocar otro deslizamiento. Y aunque pudiera llegar, ¿cómo iba a sacarla de allí?

Tendría que dejarla y buscar ayuda.

¿Había tomado una decisión más difícil en toda su vida?

Colocándose las manos en la boca como un altavoz, gritó:

–Voy a buscar ayuda. No te muevas... volveré enseguida. Shaine, te quiero.

¿Le había sonreído? No estaba seguro. No podía soportar la idea de dejarla allí, pero tenía que actuar con rapidez. Devlin tendría cuerdas, Connor los ayudaría. Y Padric, pensó, maldeciría su pierna rota.

Jake corrió por el camino, tropezando, rezando con toda su alma. Cuando llegaba a la casa, vio a Devlin saliendo del coche.

–¿Qué ha pasado?

–Tu hermana... necesito cuerdas... está colgada en la pared del acantilado... ha habido un deslizamiento.

–Hay cuerdas en mi coche. Llamaré a Connor y le diré que venga con más gente. ¿Está herida?

–Creo que no.

En diez minutos, Connor y dos fornidos amigos llegaban al acantilado. Jake se arrodilló en el borde y, dándole las gracias a Dios, vio que Shaine seguía allí.

Usando su habilidad como pescador, Devlin hizo un arnés con las cuerdas y lo deslizó por la pared. El viento lo movía de un lado a otro. Con el corazón en la garganta, Jake vio cómo Shaine alargaba la mano y estaba a punto de perder el equilibrio. Pero en el segundo intento consiguió alcanzarlo y pasárselo por la cabeza.

–Muy bien, chicos. Despacio, tirad de la cuerda... tirad con todas vuestras fuerzas.

Jake tiró con toda su alma, imaginando a Shaine colgada de aquella cuerda que se clavaría en su cintura, el embravecido mar al fondo... Paso a paso, iban apartándose cada vez más del borde del acantilado.

–¡Parad! –gritó Devlin–. Jake, ve a ver si Shaine está cerca.

El rostro de su amada estaba a unos centímetros del suyo. Jake hizo una seña a los hombres para que siguieran tirando y, unos segundos después, Shaine estaba a salvo.

–¿Te has hecho daño? ¿Te duele algo?

Ella negó con la cabeza. Estaba demasiado asustada como para decir una palabra, su rostro manchado de barro, el pelo empapado por la lluvia. Jake la apretó contra su corazón, abrumado de gratitud por no haberla perdido.

Dos horas después, Jake y Shaine estaban por fin solos. El doctor McGillivray la examinó y luego le echó una bronca por su poca cabeza. Devlin y Connor repitieron la bronca del médico antes de despedirse.

—Gracias, Devlin —le dijo Jake, en la puerta.

—Nos vemos en la boda —sonrió él—. Y que conste que me he comprado un traje nuevo.

Jake, que no quería interrupciones, tomó la precaución de cerrar con llave. Luego subió al dormitorio. No sabía qué iba a decirle, pero no quería apartarse de ella ni por un minuto.

Estaba tumbada en la cama, el pelo mojado, las mejillas pálidas. Jake enterró la cara en su pecho, abrumado de sentimientos.

—Estoy bien. No ha pasado nada. Me has salvado la vida, Jake... no podría haber aguantado ahí toda la noche.

Él intentó borrar esas terribles imágenes. No quería ni imaginar... no podía. Pero ella estaba bien, estaba a salvo.

—Debes tener hambre —murmuró—. Voy a hacerte una sopa.

—Eso da igual. Antes tengo que decirte algo.

Iba a decirle que no podía casarse con él, estaba seguro.

—No hace falta. No debería haberte convencido para que nos casáramos —dijo Jake, sin mirarla—. Cancelaremos la boda y buscaremos la manera de que esto funcione, Shaine. Pase lo que pase, te juro que seré un buen padre para Daniel —añadió, besando sus manos—. Gracias a Dios que he venido un día antes. Si te hubieras caído... no sé cómo habría podido vivir sin ti. Te quiero más de lo que puedo decirte, eso no ha cambiado. Probablemente, no cambiará nunca.

—No quiero cancelar la boda.

—Hace años, sacrificaste tu felicidad por tu madre. Ahora vas a hacerlo por Daniel. No debes hacerlo,

Shaine. Quiero que entres en mi vida cuando tú lo decidas, cuando estés preparada, pero...

–No me estás escuchando –lo interrumpió ella–. Estoy intentando decirte que quiero casarme contigo.

–Pero no estás enamorada de mí.

–Sí lo estoy. Cuando estaba colgando en ese maldito acantilado me di cuenta de que llevaba años mintiéndome a mí misma. Había matado lo que sentía por ti, eso era lo que creía. Pero no es verdad –suspiró Shaine–. Nunca he dejado de quererte. Eres mi vida, siempre lo has sido. Si quieres casarte conmigo el lunes, me harás una mujer feliz.

Jake la miró, incrédulo.

–¿Me quieres? ¿Estás segura?

–No hay nada como estar colgada en un acantilado, al borde de la muerte, para darse cuenta de qué es importante y qué no lo es. ¿Vas a hacer que me ponga de rodillas para pedirte que te cases conmigo?

–Shaine, querida Shaine, tú eres más de lo que merezco –rió él, abrazándola–. Te quiero... Te quiero tanto...

–Me alegro –sonrió Shaine, buscando sus labios.

No era el beso de una inválida, de una mujer que había estado a punto de perder la vida.

–Sigue así y acabaremos los dos en la cama. Voy a la cocina a hacerte una sopita caliente...

–Qué manía con la sopita –suspiró ella–. No me agarres de los hombros, me duelen. Y no me toques mucho la cintura, también me duele. Pero, por lo demás, estoy divinamente. Hazme el amor, Jake...

–Shaine...

–Qué idiota he sido al creer que no te quería... creo que, en realidad, tenía miedo de que volvieras a dejarme.

–Nunca –prometió Jake–. Soy tuyo en cuerpo y alma, amor mío.

–Y yo soy tuya.

Él sonrió como un tonto, henchido de felicidad.

–No sé cómo voy a quitarte el camisón sin que levantes los brazos.

–Ay. Hagámoslo rápido.

–No hay prisa. Tenemos toda una vida por delante.

–Y Daniel no volverá hasta mañana –sonrió Shaine–. Por cierto, me ha dicho que no le importaría tener un hermanito o una hermanita para enseñarle a jugar al hockey.

–¿Te gustaría?

–Sí –contestó ella–. Contigo a mi lado, eso me haría inmensamente feliz.

–Entonces, habrá que ponerse manos a la obra.

En la cama, abrazado a Shaine O'Sullivan, Jake supo que por fin había vuelto a casa.

Con su hijo. Y con la mujer que nunca había dejado de amarlo.

Acepte 2 de nuestras mejores novelas de amor GRATIS

¡Y reciba un regalo sorpresa!

Oferta especial de tiempo limitado

Rellene el cupón y envíelo a
Harlequin Reader Service®
3010 Walden Ave.
P.O. Box 1867
Buffalo, N.Y. 14240-1867

¡Sí! Por favor, envíenme 2 novelas de amor de Harlequin (1 Bianca® y 1 Deseo®) gratis, más el regalo sorpresa. Luego remítanme 4 novelas nuevas todos los meses, las cuales recibiré mucho antes de que aparezcan en librerías, y factúrenme al bajo precio de $3,24 cada una, más $0,25 por envío e impuesto de ventas, si corresponde*. Este es el precio total, y es un ahorro de casi el 20% sobre el precio de portada. ¡Una oferta excelente! Entiendo que el hecho de aceptar estos libros y el regalo no me obliga en forma alguna a la compra de libros adicionales. Y también que puedo devolver cualquier envío y cancelar en cualquier momento. Aún si decido no comprar ningún otro libro de Harlequin, los 2 libros gratis y el regalo sorpresa son míos para siempre.

416 LBN DU7N

Nombre y apellido	(Por favor, letra de molde)
Dirección	Apartamento No.
Ciudad	Estado	Zona postal

Esta oferta se limita a un pedido por hogar y no está disponible para los subscriptores actuales de Deseo® y Bianca®.
*Los términos y precios quedan sujetos a cambios sin aviso previo.
Impuestos de ventas aplican en N.Y.

SPN-03
©2003 Harlequin Enterprises Limited

Bianca®...
la seducción y
fascinación del romance

No te pierdas las emociones que te brindan los títulos de Harlequin® Bianca®.

¡Pídelos ya! Y recibe un descuento especial por la orden de dos o más títulos.

HB#33547	UNA PAREJA DE TRES	$3.50 ☐
HB#33549	LA NOVIA DEL SÁBADO	$3.50 ☐
HB#33550	MENSAJE DE AMOR	$3.50 ☐
HB#33553	MÁS QUE AMANTE	$3.50 ☐
HB#33555	EN EL DÍA DE LOS ENAMORADOS	$3.50 ☐

(cantidades disponibles limitadas en algunos títulos)

CANTIDAD TOTAL	$ _____
DESCUENTO: 10% PARA 2 Ó MÁS TÍTULOS	$ _____
GASTOS DE CORREOS Y MANIPULACIÓN	$ _____
(1$ por 1 libro, 50 centavos por cada libro adicional)	
IMPUESTOS*	$ _____
<u>TOTAL A PAGAR</u>	$ _____

(Cheque o money order—rogamos no enviar dinero en efectivo)

Para hacer el pedido, rellene y envíe este impreso con su nombre, dirección y zip code junto con un cheque o money order por el importe total arriba mencionado, a nombre de Harlequin Bianca, 3010 Walden Avenue, P.O. Box 9077, Buffalo, NY 14269-9047.

Nombre: _____

Dirección: _____ Ciudad: _____

Estado: _____ Zip Code: _____

Nº de cuenta (si fuera necesario):_____

*Los residentes en Nueva York deben añadir los impuestos locales.

Harlequin Bianca®

CBBIA3

Bianca®

Era evidente que ella todavía lo deseaba, y él se aprovechaba porque quería una segunda oportunidad con su esposa...

Se suponía que la boda de Chloe iba a ser el acontecimiento social del año... pero ella no estaba demasiado entusiasmada. La culpa la tenía un italiano guapo y rico: su ex marido, Nico Moretti.

Lo que ella no sabía era que Nico tenía una misión: no quería que se casara con nadie, así que se disponía a seducirla hasta que admitiera que todavía lo amaba.

Valentía para amar

Catherine Spencer

Deseo®

Tú serás mía

Peggy Moreland

La familia Tanner estaba a punto de adoptar a una pequeña, sólo quedaba que Woodrow Tanner se lo comunicara a la doctora Elizabeth Montgomery, la única familiar que podía reclamar también la custodia del bebé. Pero él sabía perfectamente cómo conseguir lo que deseaba de una mujer. Claro que no había contado con que desearía tanto de aquella mujer...

Elizabeth siempre había querido tener una verdadera familia y cuando aquel atractivo cowboy le dio noticias de la pequeña, pensó que aquello era más de lo que habría podido soñar...

¿Podría aquel soltero empedernido hacer realidad sus sueños?